RUGADH GRAHAM COOPER ann an 195... Obar Dheathain far an robh e air a bheò... Gàidhlig a bha ceithir thimcheall air. T... agus sgrìobh e tràchdas ann an Oilthigh Obar Dh....... mar lannsair ann an Alba, Sasainn is Èirinn a Tuath, agus mar obraiche saor-thoileach ann an Nepal. Chuir e ri eòlas meidigeach le pàipearan air obair-lannsa.

Nuair a leig e dheth a dhreuchd, thòisich e air a' Ghàidhlig ionnsachadh aig Club Gàidhlig Obar Dheathain. Eadar 2012 agus 2016, rinn e cùrsaichean aig Sabhal Mòr Ostaig. Aig a' Mhòd ann an 2017, choisinn e Duais Dhòmhnaill Iain MhicÌomhair le sgeulachd ghoirid.

Tha Graham pòsta aig Eileen agus tha iad a' fuireach ann an Siorrachd Obar Dheathain. Tha dithis nighean aca – Cairistìona agus Ceiteag – agus ogha, Eubha.

Tha e a' còrdadh ri Graham a bhith a' leughadh, a' cluich giotàr is sacsafon, agus a' bruidhinn ri a charaid dìleas anns a' Ghàidhlig, Dòmhnall Iain MacLeòid, Glinn Eilg.

Dà Shamhradh ann an Raineach

GRAHAM COOPER

Luath Press Limited
EDINBURGH
www.luath.co.uk

A' chiad chlò 2019

ISBN: 978-1-913025-30-4

Gach còir glèidhte. Tha còraichean an sgrìobhaiche mar ùghdar fo Achd Chòraichean, Dealbhachaidh agus Stèidh 1988 dearbhte.

Chuidich Comhairle nan Leabhraichean am foillsichear le cosgaisean an leabhair seo.

Chaidh am pàipear a tha air a chleachdadh anns an leabhar seo a dhèanamh ann an dòighean coibhneil dhan àrainneachd, a-mach à coilltean ath-nuadhachail.

Air a chlò-bhualadh 's air a cheangal le
Bell & Bain Earr., Glaschu.

Air a chur ann an clò Sabon 10.5 le Main Point Books, Dùn Èideann.

© Graham Cooper 2019

Uime sin, air dhuinne fòs bhi air ar cuartachadh le nèul co'-mòr a dh' fhia'naisibh, cuireamaid dhinn gach uile leth-trom, agus am peacadh a 'ta gu furas ag iathadh umainn, agus ruidheamaid le foighidinn a' choi'-liong a chuireadh romhainn
Litir an Abstoil Phoil chum nan Eabhruidheach XII, 1
Tiomnadh Nuadh Ar Tighearna agus Ar Slanuigh-Fhir Iosa Criosd, 1767[1]

---

1. Tha na briathran seo mar a nochd iad anns an *Tiomnadh Nuadh* ann an Gàidhlig na h-Alba (1767) a stiùir Dùghall Bochanan tron chlò ann an Dùn Èideann eadar 1765 agus 1767.

Clàr-innse

Mapa		
Na rathaidean air an robh Dùghall Bochanan air chuairt		9
Ro-ràdh – Litir		11
1	An Taigh-eiridinn Rìoghail, Dùn Èideann, am Màrt 1767	13
2	Ardach, Srath Eadhair, am Foghar 1810	23
3	Ann an Taigh a' Chlò-bhualadair, Dùn Èideann, am Màrt 1767	35
4	Taigh Mhgr Shandaidh Wood, Dùn Èideann, am Màrt 1767	47
5	Coinneachadh ann an Gleann Amain, Toiseach a' Ghiblein 1767	63
6	Raineach agus an t-Ensign Seumas Small, 1767	75
7	Ceann Loch Raineach, an Giblean 1767	85
8	Aig an Taigh, Ceann Loch Raineach, an Giblean 1767	93
9	Ceann Loch Raineach, an Samhradh 1767	101
10	Ceann Loch Raineach, am Foghar 1767	107
11	An t-Agallamh ann an Càraidh an Ear, am Foghar 1767	113
12	Ceann Loch Raineach, an Geamhradh 1767	121
13	Litir bho Charaid ann an Dùn Èideann, an t-Earrach 1768	127
14	Cuairt a Bhoth Chuidir, an Samhradh 1768	133
15	Ann am Mansa Bhoth Chuidir, an Samhradh 1768	139
16	Ceann Loch Raineach, an Samhradh 1768	145
17	An Rathad gu Lànaidh Beag, an t-Ògmhios 1768	155
18	Ardach, Srath Eadhair, am Foghar 1810	161
Iar-fhacal an Ùghdair		171
Faclair:		
Briathrachas Gàidhlig agus Beurla a nochdas anns an leabhar		175

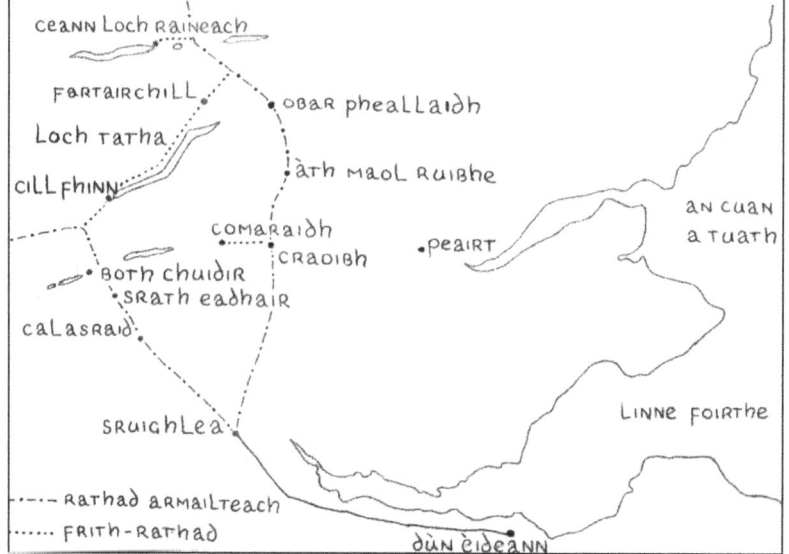

Na rathaidean air an robh Dùghall Bochanan air chuairt.

An Dr S Wood,
Ceàrnag Charlotte,
Dùn Èideann

A Dhotair Urramaich,

Thug na pàipearan a chuir sibh thugam toileachas mòr dhomh. Tha sibh ro chòir a bhith gam chumail air chuimhne. Mòran taing.

Tha mi cinnteach gun robh iad air an sgrìobhadh leis an duine agam nach maireann, Dùghall Bochanan. Tha e follaiseach gu bheil iad a' toirt tuairisgeul air a bheatha ann an Dùn Èideann tràth anns a' bhliadhna 1767. Chan eil fios agam carson a bha na pàipearan air an tasgadh ann an leabharlann ur n-athar. Saoil an robh esan a' toirt comhairle do Dhùghall mu obair-lannsa?

Tapadh leibhse airson nam facal fialaidh a sgrìobh sibh air saothair Dhùghaill. Is iomadh iadsan a bhios ga mholadh fhathast anns an sgìre seo. Na bithibh fo thrioblaid nach d' fhuair e duais fhreagarrach anns a' bheatha bhàsmhoir seo. Tha mi cinnteach gu bheil crùn glòrmhor aige air a cheann a-nis ann am Pàrras.

Tha faclan Dhùghaill air mòran chuimhneachan a thoirt air ais thugam. Gabhaibh mo leisgeul mas e an ladarnas a tha orm, ach tha mi air cunntas air na làithean ud a chur ri chèile leotha: sgeul mu Dhùn Èideann agus mu Raineach, mun obair a rinn Dùghall agus mun ghràdh a choisinn e mar thidsear agus mar charaid dìleas. Tha mi an dòchas gun còrd e ribh.

    Tha mi mothachail gu bheil dà bhliadhna air dol seachad on a chaochail ur n-athair. Am faod mi mo cho-fhaireachdainn dhùrachdach a chur thugaibh. Tha cuimhne agam air Dùghall a' bruidhinn ma dheidhinn le spèis mar dhuine a bha an dà chuid sgileil agus truacanta.

    Mòran taing, a-rithist. Tha mi fada nur comain.

Leis gach beannachd,
Mairead Brisbane Bhochanan
Ardach, Srath Eadhair, Siorrachd Pheairt
An 8mh latha den Dàmhair 1810

CAIBIDEIL A H-AON

An Taigh-eiridinn Rìoghail, Dùn Èideann, am Màrt 1767

'A DHAOIN' UAISLE. A dhaoin' uaisle. 'S e daoine sìmplidh a th' ann an lannsairean.
'Nam biodh fuil a' sileadh, chaisgeamaid i. Nam biodh neasgaid a' brachadh[1], ghearramaid leis an lannsa i. Chan ann dhuinne meòrachadh toinnte no leigheasan iomadh-fhillte nan lighichean.'

Bha Alasdair Wood, am fear a b' òige de na lannsairean aig Taigh-eiridinn Rìoghail Dhùn Èideann, a' tighinn gu crìch air an ro-ràdh aige mus do thòisich e air obair-lannsa an latha. Rinn na h-oileanaich snodha-gàire ri chèile. B' e duine eirmseach a bha ann an Alasdair Wood agus bha e ri spòrs mar a b' àbhaist dha. Bha an àbhachd aige an-còmhnaidh a' còrdadh riutha.

Air a' mhadainn shònraichte sin, ge-tà, bha dithis fhear an làthair ann an gailearaidh seòmar nan opairèisean airson a' chiad uair. Nan suidhe air na beingean faisg air mullach an rùim bha dithis luchd-coimhid à Garbh-Chrìochan Pheairt: Dùghall Bochanan, a bha na mhaighstir-sgoile, agus an t-Ensign Seumas Small, am bàillidh do dh'Oighreachd an t-Sruthain. Fhuair na fir seo cuireadh gu seòmar nan opairèisean air adhbhar àraidh: b' e Seumas Small am bràthair a b' òige do Mhgr Alasdair Small, an lannsair ainmeil a bha a' tadhal air an Taigh-eiridinn an latha sin.

---

1. Faic am Faclair aig deireadh an leabhair

Leth-uair a thìde na bu tràithe, choinnich Dùghall ri Seumas aig doras-aghaidh an ospadail agus sheall iad na litrichean-cuiridh aca don chlèireach. Bha iad den bheachd gun robh iad air tighinn ann am pailteas ùine ro thoiseach obair an latha. Ach bha iongnadh orra nuair a chaidh iad a-steach do sheòmar nan opairèisean: cha mhòr nach robh e loma-làn de dhaoine mar-thà.

Nam biodh teagamhan aca gu ruige seo gun robh Sgoil Mheidigeach Dhùn Èideann na tè de na sgoiltean a bu chliùitiche air an t-saoghal, chaidh na teagamhan sin às an t-sealladh sa bhad. Fhad 's a bha iad a' dìreadh suas chun an t-sreatha uachdaraich de bheingean, chuala iad, anns an othail ceithir thimcheall orra, a' Bheurla ga bruidhinn le blas mòran dhùthchannan cèine: Sasainn, Èireann, an Roinn Eòrpa agus na tìrean-imrich Ameireaganach.

Bha Seumas Small air obair-lannsa fhaicinn air blàr a' chogaidh nuair a bha e na shaighdear, ach cha robh esan no Dùghall Bochanan air a bhith an làthair aig a leithid seo de thaisbeanadh a-riamh roimhe. Rinn an cion-eòlais seo seòrsa de cheangal eadar an dithis fhear an latha ud ged a b' ann tric a bhiodh iad ri eas-aonta thar nam bliadhnaichean. Ach cha robh cuimhne air sin aig fear seach fear dhiubh fhad 's a bha iad a' gabhail a-steach na bha ri fhaicinn agus ri chluinntinn air am beulaibh.

B' e duine àrd caol mu dhà fhichead bliadhna a dh'aois a bha ann an Alasdair Wood, no 'Sandaidh fada' mar a bha aca air. Sheas e ri taobh bùird-opairèisein bhig fhiodha. Bha muinichillean a lèine gile air an trusadh agus bha aparan donn a' còmhdachadh a pheitein agus a bhriogais-ghlùine. Os a chionn, anns an t-seòmar dhrùidhteach sin, rùm mòr nan opairèisean air ceathramh làr an Taigh-eiridinn ùir, bha na h-oileanaich nan suidhe air beingean fada, ann an cumadh na litreach 'U', ag èirigh sreatha air shreatha. Air a chùlaibh, bha solas deàlrach na grèine a' tighinn a-steach tro uinneagan mòra ris an àird a deas.

'Mus tòisich sinn leis a' chiad opairèisean, am faod mi a chur an cèill dhuibh gu bheil e na thlachd agus na urram dhomh a bhith a' cur fàilte air fear de na lannsairean as ainmeile à Lunnainn, Mgr Alasdair Small. Bidh esan a' toirt taic dhomh an-diugh.

'Bidh ainm aithnichte don chuid as motha agaibh. Fear de shliochd teaghlach uasal Shiorrachd Pheairt, thug e seirbheis chliùiteach mar lannsair do dh'Fheachdan an Rìgh air feadh an t-saoghail. Anns an latha an-diugh, tha fèill mhòr air a sgilean ann am baile-mòr Lunnainn. Ach tha spèis aig daoine foghlaimte fad is farsaing air a ghliocas agus eòlas shaidheansail: tha e na charaid agus na cho-obraiche aig an Dr Benjamin Franklin, fear-saidheans iomraiteach, innleadair agus stàitire às na tìrean-imrich Ameireaganach.'

Thionndaidh an luchd-èisteachd an sùilean a ghabhail beachd air fear tiugh fhad 's a bha e a' coiseachd air adhart à dorchadas teachd-a-steach an rùim. Bha e a' teannadh air trì fichead bliadhna a dh'aois, a cheann air a bhearradh. Cha robh e cho àrd ri Sandaidh Wood idir ach bha an lèine gheal, a' bhriogais-ghlùine agus am peitean a bha uime a' togail fianais air beairteas agus sgilean tàilleir mhaith. Chrom e a cheann gu goirid a dh'ionnsaigh Shandaidh Wood agus, an uair sin, a dh'ionnsaigh nan oileanach, mar chomharradh gun do ghabh e ris an fhàilte le toileachas.

'Agus a-nis, a dhaoin' uaisle, a' chiad euslainteach againn,' lean Sandaidh Wood air. ''S e òganach a th' ann, ochd bliadhna deug a dh'aois, a thàinig thugam leis a' ghalar chumanta sin: tha clach mhòr na aotraman. Fad dà bhliadhna tha e air a bhith ann an èiginn. Tha pian eagalach agus duilgheadas mòr air a bhith aige a' feuchainn ri mùn. 'S e an t-àmhghar seo a thug air tighinn thugam a dh'iarraidh an opairèisein *lithotomy*. Chan e co-dhùnadh suarach a tha seo do dhuine sam bith, mar a tha fios agaibh. Ach, tha an t-euslainteach deimhinnte air seo: mura toirinn a' chlach-aotramain às cha bhiodh dad air thoiseach air ach an dòrainn.

'A rèir mo ghnàtha àbhaistich, thug mi a-steach don ospadal e o chionn fichead latha. Aig an toiseach, bha e cho caol ri bior. Bha e claoidhte agus cha robh càil bìdh aige idir. On a thàinig e a-steach don ospadal, ge-tà, tha mi air a bhith a' toirt brosnachadh dha gus biadh a ghabhail agus, san dòigh sin, a neart a thogail ron opairèisean. Tha e air a bhith ag òl teatha fras-lìn agus fìon gus fhual a shoillearachadh. Chaidh dealachan a chleachdadh air a' chraiceann os cionn aotramain gus dùmhlachd-fala a thogail dheth. Anns a' mhadainn an-diugh, ghabh e purgaid agus rinn sin a' chùis dha.

'Rè an opairèisein, bidh mi a' leantainn dòigh an lannsair Shasannaich ainmeil, Uilleam Cheselden. Thoiribh an aire air na h-innealan a tha air a' bhòrd-inneil. Chan eil ann ach còig dhiubh ach bha iad air an dealbhadh a dh'aona ghnothach airson an opairèisein seo. Bidh mi a' cleachdadh an lannsa airson a' chiad ghearraidh tron chraiceann. An uair sin, bidh mi a' fosgladh bun an aotramain le *bistoury* agus *gorget*. Bheir mi às a' chlach leis na teanchairean a dhealbh Cheselden fhèin.'

'Agus a-nis, fheara, tha mi ag iarraidh oirbh a bhith nur tost fhad 's a bhios na fir-taice a' toirt an euslaintich chun a' bhùird-opairèisein. Tha mi air earbsa a chosnadh thar nan seachdainean. Tha e cudromach nach dèan sinn cron sam bith air a mhisneachd.'

Aig an dearbh mhionaid sin, dh'fhosgail doras air cùlaibh Shandaidh Wood. Thàinig fear de luchd-taice an lannsair a-steach, agus duine caol glaisneulach a' leantainn a cheumannan gu dlùth. Bha an duine òg caran cugallach air a chasan agus dh'fhàs a shùilean mòr le iongantas nuair a chunnaic e am bòrd-opairèisein agus an sluagh a bha a' coimhead air. Bha fios aige dè a dhèanadh e: dh'fheumadh e dìreadh air mullach a' bhùird-opairèisein. Cho luath 's a shocraich an t-euslainteach e fhèin, chunnacas Sandaidh Wood a' dol dha ionnsaigh; dh'fhàisg e làmhan an duine òig eadar a làmhan fhèin agus chagair e facal no dhà na chluais. Aig an aon àm, thàinig triùir luchd-taice eile a-steach don t-seòmar.

Thruis an luchd-taice suas lèine fhada an duine òig agus ghabh iad grèim teann air a ghàirdeanan agus a chasan. Thog Sandaidh Wood an *sound*, inneal meatailt fada, bhon bhòrd. Choimhead e air gu geur agus rinn e cinnteach gun robh ola gu leòr air. An uair sin, thòisich e ris an *sound* a stiùireadh gu sgileil a thaobh a-staigh aotraman an euslaintich. Leig an duine òg a-mach cnead mòr fada agus chunnacas a chasan a' dol rag, na h-òrdagan nan seasamh gu dìreach. Lean Sandaidh Wood air gus an do dh'fhairich e gliog nuair a choinnich an *sound* ris a' chloich. Thionndaidh e gu Alasdair Small agus thug e cuireadh dha làmh an inneil a ghabhail, a' sealltainn don lannsair à Lunnainn gu mionaideach ciamar agus càite a ghleidheadh e an t-inneal. Thog an luchd-taice casan an duine òig, gan lùbadh aig a' chruachainn agus aig a' ghlùin. Cheangail iad caol an dùirn agus caol na coise le iallan leathair agus sheas iad timcheall air, a' gabhail grèim air a ghuailnean agus a shliasaidean gu làidir.

Thachair na rudan a lean gu luath ach gun chabhag. Choimhead Sandaidh Wood air a' bhòrd bheag far an robh na h-innealan. Thagh e an lannsa. Thionndaidh e a dh'ionnsaigh a' bhùird-opairèisein. Bha glaodh àrd dian uabhasach ann, agus an uair sin osnaichean eagalach fhad 's a rinn an t-euslainteach strì an aghaidh an luchd-taice. Chuir Mgr Wood an lannsa air ais air a' bhòrd agus thog e na h-innealan eile, fear an dèidh fir. Lean e air leis an obair aige, a bhodhaig air a cromadh os cionn an euslaintich.

Taobh a-staigh chòig mionaidean, ghabh e ceum air ais agus sheall e a' chlach do na h-oileanaich, clach coltach ri ugh circe glaiste ann an teanchairean meatailt. Cha tuirt e facal. Cha b' fhiach e a shaothair dha fhad 's a bha an duine òg fhathast ri glaodhaich. Ach mean air mhean, lasaich an luchd-taice an grèim agus thòisich iad air conaltradh am measg a chèile le comharraidhean agus soidhneachan. Nuair a bha ìoc-chòmhdach anns an lot dhomhainn, shaor iad buill an duine òig agus chuir iad dìreach iad. Chaidh pìob airgid a chur a-steach da aotraman airson a dhrèanadh. Sheas an luchd-taice ri a thaobh gus an robh analachadh air tilleadh gu bhith cunbhalach domhainn. An ceann greiseig, bha iad ga ghiùlan gu cùramach tron doras a-mach às an t-seòmar-opairèisein don uàrd.

Ghlan Mgr Wood a làmhan le searbhadair agus thionndaidh e a bhruidhinn ris an luchd-èisteachd.

'Mòran taing airson ur foighidinn, a dhaoin' uaisle. Tha mi toilichte gun deach an t-opairèisean gu math agus nach do chaill an t-euslainteach ach beagan fala. Bidh na banaltraman a' toirt cùram dha anns an uàrd a-nis. Bidh iad a' cumail sùil air an ìoc-chòmhdach agus an aodach-leapa. Bidh iad a' clàradh buille-chuisle agus toradh àirnean an euslaintich. Tha mi an dòchas gum bi e comasach air brot a ghabhail an ceann uair a thìde agus gun tèid cùisean gu math leis. Co-dhiù, tha a' chuid as motha dhibh eòlach air mo bheachdan a thaobh galar fuail. Mar sin dheth, tha mi cinnteach gum bu toil leibh facal no dhà a chluinntinn bho ar n-aoigh chliùiteach.'

Thug e ceum air ais agus choimhead e air Alasdair Small. 'A Mhaighstir. Am biodh sibh deònach…?'

Le fiamh a' ghàire air aodann, choisich Alasdair Small air adhart gu meadhan an ùrlair.

'Madainn mhath a dhaoin' uaisle,' thuirt e ann an guth àrdanach. Bha blas oifigich-airm air a chainnt; cha robh sgeul idir air blas Shiorrachd Pheairt far an do rugadh e.

'Tha e na thlachd mhòir dhòmhsa a bhith còmhla ribh an-diugh anns an Taigh-eiridinn air leth seo. Mar as math a tha fios agaibh, 's ann aig Dùn Èideann a tha an sgoil mheidigeach as fheàrr agus as ainmeile air an Roinn Eòrpa, agus tha an Taigh-eiridinn seo aig teis-meadhan a' ghnothaich. 'S e seo an dàrna turas agam don ospadal agus feumaidh mi a ràdh gu bheil mi air mo dhòigh a thaobh dealbhadh an togalaich. Tha e mìorbhaileach mar a thig solas am pailteas a-steach air uinneagan an t-seòmair-opairèisein seo: cho cudromach don lannsair fhad 's a bhios e ag obair. Agus airson nan euslainteach, tha àile glan anns an uàrd.

'Thàinig orm obair-lannsa a dhèanamh air bàtaichean a' Chabhlaich Rìoghail agus ann an ospadalan dòmhlaichte ann an tìrean cèine. Mar thoradh air sin, tha mi deimhinnte à fìrinn mo bheachd-sa: bidh àile tais salach làn deataiche a' cur bacadh air leigheas.

'Tha thu fortanach ann an da-rìribh gu bheil fear-treòrachaidh air leth agaibh ann am Mgr Wood. Bidh esan gur stiùireadh a dh'ionnsaigh àrd-ealain ar dreuchd. No, 's dòcha gum bu chòir dhomh a bhith ag ràdh, saidheans ar dreuchd. 'S e linn ùr togarrach anns a bheil sinn beò, a dhaoin' uaisle, linn a tha air a shoillseachadh le eòlas stèidhichte air rannsachadh.

'Tha mòran de rùintean-dìomhair an t-saoghail nàdarraich a bha do-thuigsinn anns na làithean a dh'fhalbh aithnichte an-diugh, taing do na fir-saidheans Francis Bacon agus Isaac Newton. Mar sin dheth, tha bunait againn airson rùintean uasal ar dreuchd. Gu dearbh, tha sin follaiseach ann an obair an tidseir agaibh an seo. Chan e lannsair sgileil a th' ann a-mhàin: 's e fear-saidheans a th' ann cuideachd. Thoiribh smuain do na dòighean leis an do dh'ullaich e an t-euslainteach a chunnaic sinn o chionn greiseig. Bha na dòighean seo air an stèidheachadh air an eòlas-leighis iongantach a th' againn an-diugh. Chan eil àite ann tuilleadh airson ìocshlainte dhùthchasaich agus saobh-chràbhaidh. 'S e seo rud cudromach airson a chumail nar cuimhne, rud a bhios gar sgaradh bho na feall-lèighean agus na fealltairean a bhios a' toirt an car às an t-sluagh le an deochannan-leighis gun luach.

'A dhaoin' uaisle. Tha mi a' toirt moladh dhuibh. Rinn sibh co-dhùnadh cudromach nuair a ghabh sibh ri gairm uasal an lannsair. Chan eil dòigh nas fheàrr ann airson obair mhòr a dhèanamh nur beatha. Chan eil gairm beatha nas àirde na an tè a thogas eallach an fhulangais far guailnean ar co-chreutairean daonna.'

Rinn na h-oileanaich toileachadh ris na faclan seo gu dìoghrasach, le iolach agus le bualadh bhas. Chrom Alasdair Small a cheann gu goirid. Cha robh càil a bharrachd aige ri ràdh ris an luchd-èisteachd agus, mar sin dheth, dh'fhàg esan agus Sandaidh Wood an rùm còmhla ri chèile. Thòisich srann mòran chòmhraidhean air èirigh air feadh an t-seòmair. Beag air bheag, dh'fhàs an othail gu bhith na b' àirde agus na b' àirde.

Thionndaidh Seumas Small gu a chompanach. 'Nach b' e sinne a chunnaic fir iongantach sgileil ri an obair an-diugh, a Mhaighstir-sgoile? An robh an t-opairèisean sin mar a bha sibh an dùil?'

'Cha robh dùil shònraichte agam, Ensign, ach bha e gu tur eadar-dhealaichte ris na chunnaic mi aig òraidean Eòlais-bodhaig. Bha an t-opairèisean gu math luath. Ach, a dh'aindeoin sgilean air leth Alasdair Wood, dh'fheumadh e a bhith gun robh an t-opairèisean cruaidh dòrainneach don duine òg. Tha mi an dòchas gum fàs e slàn a dh'aithghearr agus gum bi an t-opairèisean na bhuannachd mhòir dha.'

Ghnog an t-Ensign a cheann ann an aonta.

'Thoiribh, mas e ur toil e, mo dhùrachdan dur bràthair,' lean Dùghall air. 'Tha mi taingeil gun tug e cuireadh dhomh a bhith an làthair an seo an-diugh. Ach, le ur cead, feumaidh mi falbh a dh'oifis a' chlò-bhualadair. Tha obair chudromach a' feitheamh rium an sin.

'Mus fhalbh mi, ge-tà, tha e air tighinn a-steach orm gum faod ùidh a bhith aig do bhràthair taigh a' chlò-bhualadair agus a' chlò-bheairt fhaicinn. Bhiodh e na urram dhomh a bhith gan seallltainn dhuibh le chèile.'

'Tha sibh ro choibhneil, a Mhaighstir-sgoile. Tha dùil aig mo bhràthair fuireach latha no dhà ann an Dùn Èideann mus till e gu baile-mòr Lunnainn. Cha chreid mi nach còrd e ris, agus riumsa cuideachd, a bhith a' tadhal air a' chlò-bheairt. An coinnicheamaid aig naoi uairean sa mhadainn a-màireach, nam biodh sin freagarrach dhuibhse?'

'Bhitheadh, gu dearbh. Coinnichidh mi ribh aig togalach Balfour, Auld agus Smellie aig ceann tuath Chlobhsa Morocco aig an uair sin a-màireach. Chì sibh an soidhne os cionn an dorais. Nan tigeadh sibh a-steach don bhùth-leabhraichean air a' chiad làr, thiginn a-nuas a chur fàilte oirbh. Tha a' chlò-bheairt shuas an staidhre. A bheil sibh eòlach air Sràid Cnoc a' Chaisteil?'

'Tha, gu dearbh. Gheibh sinn ann gun duilgheadas sam bith. Mòran taing agus latha math dhuibh.'

Dh'èirich Dùghall agus Seumas Small air an casan agus ghnog iad an ceann gu modhail ri chèile. Thòisich am maighstir-sgoile air an staidhre a theàrnadh, a' dol gu foighidneach seachad air na h-oileanaich a bha a-nis a' brùthadh a-null agus a-nall. Thug e dhà no trì mionaidean a thìde bhuaithe mus do ràinig e an doras. Air taobh eile an dorais, choisich e gu cabhagach a dh'ionnsaigh àile fuar Dhùn Èideann.

CAIBIDEIL A DHÀ

Ardach, Srath Eadhair, am Foghar 1810

THA CUIMHNE SHOILLEIR agam air a' chiad turas a-riamh a chunnaic mi Dùghall Bochanan. B' ann anns a' Ghiblean, no tràth anns a' Chèitean, 1743 a bha e. Aig an àm sin, bha m' athair, Alasdair Brisbane, na stiùbhard-fearainn do dh'Iarla Lobhdainn air an oighreachd aige ann an Labhair, faisg air Craoibh. Aon latha, anmoch air an fheasgar, thug e duine òg a-steach don taigh gus a chur an aithne mo mhàthar. Bha an duine òg air a bhith ri saorsainneachd air togalaichean na h-oighreachd. Air an latha shònraichte sin, bha iad air dol còmhla air muin eich gu baile beag Chomaraidh a bha faisg air làimh. Fhad 's a bha iad a' còmhradh ri chèile air an t-slighe, thàinig e a-steach air m' athair gum b' e duine foghlaimte domhainn a bha ann an Dùghall.

B' e madainn bhrèagha shoilleir a bha ann nuair a thug iad an rathad orra an toiseach, ach dh'fhàs an latha gu bhith dorcha sgòthach mu mheadhan-latha. Tràth air an fheasgar bha dìle bhàthte ann agus nuair a thill iad dhachaigh bha iad nan dithis bog fliuch. Bha m' athair agus Dùghall nan seasamh ri taobh an teine anns an oifis-oighreachd nuair a lean mi mo mhàthair a-steach don t-seòmar gus coinneachadh riutha.

Dh'fhàg Dùghall làrach mhòr orm anns a' bhad ged nach robh mise ach nam chaileig aig an àm, còrr is deich bliadhna na b' òige na bha esan. Bha mi air fir òga fhaicinn grunn thursan roimhe sin fhad 's a bha iad aig an taigh airson thachartasan sòisealta, ach bha faireachdainn gu math eadar-dhealaichte agam an latha ud. Air adhbhar air choreigin, bha mi air mo chur troimh-a-chèile leis an duine seo agus dh'fhairich mi leum nam bhroilleach. Sheas mi gu sàmhach ri taobh mo mhàthar a' sgrùdadh an làir agus a' feuchainn gun a bhith a' coimhead air Dùghall gu dìreach. Cha do mhair rud sam bith den chòmhradh nam chuimhne ach gun robh blas agus ruitheam tarraingeach Shiorrachd Pheairt air a chainnt.

Tha e doirbh dhomh innse dè a bha ann mu dheidhinn Dhùghaill a thug buaidh cho làidir orm. 'S dòcha nach eil sin cho neònach ann an gnothaichean a' chridhe. Bha e àrd, mar a bha m' athair, ach bha e na bu tapaidhe na esan, na bu treasa na ghuailnean. Mar na daoine ionadail eile a bhiodh ag obair air an oighreachd, bha lèine fhada agus fèileadh mòr air. A dh'aindeoin an uisge thruim a bha air a bhogadh, bha coltas sgiobalta air. Bha fhalt donn, air a thrusadh agus air a cheangal aig cùl a chinn ann an ciudha mar a bha cumanta anns na làithean sin. Tha cuimhne agam gun robh mi ga mheas eireachdail, ach b' e a shùilean gu h-àraidh a dh'fhàg làrach mhòr orm. B' ann mòr maiseach donn a bha iad. Bha coltas orra gun robh iad a' togail fianais air duine beothail blàth coibhneil ach cuideachd air duine iomadh-fhillte: aig amannan bha fiamh a' bhròin a' nochdadh annta.

Bliadhnaichean an dèidh sin, nuair a bha sinn a' bruidhinn còmhla ri chèile air na làithean a dh'fhalbh, thuirt Dùghall rium gun robh cuimhne aige air cho bòidheach agus cho ciùin 's a bha mise an latha sin. Tha mi cinnteach gun robh e ag innse na fìrinne ach cha robh e soirbh dhomh sin a thuigsinn.

Am feasgar ud ann an Labhair, nuair a bha an teaghlach againne cruinn còmhla gus biadh a ghabhail, mhol m' athair an duine òg a thaobh a chainnte agus a ghiùlain. Bha e air a bhith na chompanach air leth inntinneach dom athair air an sgrìob aca. Dh'ionnsaich e gum b' ann le athair Dhùghaill a bha Muileann Ardaich ann an Srath Eadhair agus gun robh pìos fearainn aige faisg air làimh. Nuair nach robh Dùghall ach sia bliadhna a dh'aois, chaochail a mhàthair le tinneas fiabhrasach, buille chruaidh a dh'fhàg beàrn mhòr ann am beatha a' bhalaich. Phòs athair airson an dàrna turais agus thill tomhas de thoileachas don dachaigh a-rithist ged a bha Dùghall fhèin an-fhoiseil. Chaidh e do sgoil Bhoth Chuidir far an d' fhuaradh na dheagh sgoilear e gu ìre cho mòir 's gun do thadhail am maighstir-sgoile, Nicol Feargasdan, air athair Dhùghaill gus facal fhaighinn air ma dheidhinn. Ach cha robh cothrom ann an uair sin foghlam sgoilearach a thoirt na b' fhaide agus, mar sin dheth, chaidh a cho-dhùnadh gun rachadh Dùghall gu Cipean airson sgilean saorsainneachd a thogail.

Chuir e seachad trì bliadhna ann an Cipean agus, an dèidh sin, ann an Dùn Breatann a chum 's gun toireadh e a-mach a' cheàird aige. Ach, thar nam bliadhnaichean sin, bha e a' strì ri cuspair cudromach eile na bheatha, cuspair pearsanta. Ged a bha e air a bhith ga ghiùlan fhèin gu neo-chùramach ann an cuideachd nam fear-ceàirde eile, bha sgàig air a thaobh na dòigh-beatha seo agus shaoil leis gun robh e a' cluinntinn gairm a' chreideimh Chrìosdail. Fhad 's a bha e a' meòrachadh air seo, choisich e fad is farsaing air feadh na h-Alba gus facal Dhè a chluinntinn. Chuala e mun dùsgadh a bha air tighinn gu tuath à Sasainn. Bha e am measg nam mìltean de dhaoine a chaidh a Chamas Long a dh'èisteachd ris an Dr Seòras Whitfield.

Le ionmhas a thug càirdean air taobh a mhàthar dha, chaidh e gu Oilthigh Ghlaschu bho 1736 gu 1740 far an do dh'ionnsaich e Diadhachd, Eabhra agus Greugais. An ceann nam bliadhnaichean seo, ge-tà, cha deach e air adhart airson dreuchd na ministrealachd. Ged a bha e a' fàs na bu chinntiche à atharrachadh gràis na bheatha fhèin, chuir e roimhe a bhith na thidsear do dh'òigridh Shiorrachd Pheairt, an dùthaich aige fhèin, do dhaoine òga a bha bochd agus gun chothrom ionnsachaidh idir.

B' ann aig toiseach an Lùnastail 1743 a chunnaic mi Dùghall Bochanan a-rithist. Air a' mhìos sin, chaidh fhastadh lem athair mar oide do mo bhràthair, Alasdair, a bha sia bliadhna a dh'aois.

Cha robh Dùghall stèidhichte mar thidsear-sgoile aig an àm agus bha e toilichte obair-teagaisg sam bith a ghabhail. Ach bha mòran aige ri dhèanamh: mar am mac a bu shine na theaghlach, bhiodh e a' cuideachadh athar le obair an fhearainn, agus bha e fhathast ri saorsainneachd bho àm gu àm. A thuilleadh air sin, bhiodh e a' cur seachad nan oidhcheannan a' leughadh agus ag ionnsachadh. Cha bhiodh fiù 's mionaid aige dìomhain.

B' e ar n-ùidh ann an leabhraichean agus leughadh a thug a' chiad chothrom dhomh còmhradh a dhèanamh ris. Taing do dh'oidhirpean mo mhàthar, Sìne, agus mo bhana-riaghladair, bha mi math air leughadh agus bha cead agam a bhith a' cur feum air an leabharlainn às an robh m' athair cho moiteil. Aon fheasgar sònraichte, agus Dùghall a' cur crìoch air leasanan mo bhràthar, chaidh mi a-steach don t-seòmar-suidhe le lethbhreac den leabhar *Robinson Crusoe* le Daniel Defoe nam làmhan.

Cho luath 's a laigh a shùil orm, dh'èirich Dùghall air a chasan ri taobh a' bhùird far an robh e air a bhith ag obair còmhla ri Alasdair òg.

'Feasgar math dhuibh, a Mh Brisbane,' ars esan. 'Tha mi an dòchas gu bheil sibh gu math.'

'Tha mi math, gu dearbh, a Mhgr Bhochanain, tapadh leibhse,' fhreagair mise.

'Am faod mi faighneachd dhibh dè a tha sibh a' leughadh?'

''S e *Robinson Crusoe* a th' ann, le Mgr Defoe. A bheil sibh eòlach air?'

'Tha. Tha mi eòlach air an tiotal ach cha do leugh mi e. Bu toil leam a leughadh latha air choreigin, ge-tà.'

Thionndaidh Dùghall a cheann a choimhead air Alasdair, a dhèanamh cinnteach gun robh e a' sgioblachadh nam pàipearan agus nan stuthan-ionnsachaidh a bha air a' bhòrd.

''S ann lem athair a tha an leabhar seo,' thuirt mise, 'ach tha mi an dùil gum biodh e air a dhòigh a thoirt dhuibh air iasad.'

Thionndaidh Dùghall dham ionnsaigh agus sheall e orm gu

dìreach. Bha mi mothachail gun robh ruadhadh air tighinn nam ghruaidh. Chrom mi mo cheann anns a' bhad gus sùil a thoirt air an leabhar a bha agam nam làmhan.

'An do chòrd an leabhar ribh, a Mh Brisbane?' dh'fhaighnich Dùghall.

'Chòrd, gu dearbh,' fhreagair mise.

'Bhiodh e na urram dhomh, ma-thà, an leabhar a ghabhail air iasad agus a leughadh.'

'Tapadh leibhse, a Mhgr Bhochanain. Le ur cead, thèid mi a bhruidhinn rim athair an-ceartuair. Tha mi cinnteach, ge-tà, gum bi e deònach an leabhar a thoirt dhuibh.'

Dh'fhalbh mi air tòir m' athar. Bha mo chridhe a' bualadh gu luath nam chom ach cha robh mi air a bhith cho toilichte a-riamh nam bheatha.

B' e an còmhradh sin a' chiad fhear ann an sreath a thachradh gu cunbhalach thar nam mìosan a lean. Thug leabhraichean agus litreachas cuspair agus adhbhar dhuinn a bhith a' bruidhinn còmhla ri chèile an dèidh clasaichean feasgair Alasdair òig. Bha meas mòr aig mo phàrantan air Dùghall ach, a dh'aindeoin sin, bha iongantas orm gun do leig iad leinn coinneachadh mar sin. Thàinig ar teaghlach bho luchd nan oighreachdan agus bha Dùghall am beachd a bhith na thidsear: gu sòisealta, cha b' ionnan sinn idir. Dh'fheumadh e a bhith follaiseach do mo phàrantan gun robh Dùghall agus mi fhìn a' tuiteam ann an gaol le chèile.

Cha b' fhada gus an d' fhuair mi a-mach gum b' e duine aig an robh creideamh Crìosdail làidir a bha ann an Dùghall agus gun robh e mion-eòlach air a' Bhìoball. B' e a' Ghàidhlig a' chiad chànan aige – dh'ionnsaich e aig glùin a mhàthar i – agus bhruidhneadh e gu dùrachdach air a dhòchas a bhith a' faicinn a' Bhìobaill Ghàidhlig ann an làmhan an t-sluaigh, agus iad comasach air a leughadh agus a thuigsinn.

Nuair a choinnich Dùghall rium an toiseach, bu bheag a Ghàidhlig a bha agam. Rugadh agus thogadh mi ann an Camas,

Siorrachd Dhùn Breatann, mus do ghluais sinn a dh'fhuireach a Shiorrachd Pheairt. Bha mi mu ochd bliadhna a dh'aois aig an àm sin. Bha m' athair air meas Iarla Lobhdainn a chosnadh fhad 's a bha e ag obair air an oighreachd aige faisg air Baile nan Gall ann an Siorrachd Àir. Mar sin, chuir an t-Iarla m' athair an dreuchd mar stiùbhard-fearainn ann an Labhair, far an do dh'fhuirich sinn ann an leas-thaigh siar an taigh-mhòir.

Bha e neònach dhomh an toiseach a bhith a' cluinntinn searbhantan an taighe a' bruidhinn còmhla ri chèile anns a' Ghàidhlig, ach b' e seo a' chainnt àbhaisteach làitheil aig sluagh Labhair agus Chomaraidh. Dhòmhsa, bha i do-thuigsinn ach bha mi a' faighinn nam fuaimean ceòlmhor tarraingeach. Gu fortanach, bha bana-riaghladair agam, a' Bh-Uas Màiri Sage, nighean ministear na paraiste, agus bha ise fileanta anns a' Ghàidhlig. B' àbhaist dhi a bhith a' tarraing asam le seanfhaclan agus briathran. Chuir e iongnadh oirre nuair a thòisich mi air ùidh mhòr a nochdadh anns a' chànan. Cha tàinig e a-steach oirre an toiseach gum b' e buaidh Dhùghaill a bha ann. Co-dhiù, bha i air a dòigh a bhith gam theagasg.

A rèir coltais, bha beatha Dhùghaill agus mo bheatha-sa a' tighinn, beag air bheag, na bu dlùithe ri chèile thar nam bliadhnaichean tràtha sin. An uair sin, ann an 1745, chaidh an ceòl air feadh na fidhle. Chuala sinn brath gun robh am Prionnsa air tighinn air tìr anns na h-Eileanan Siar. Ged a sheachnamaid, ann an Labhair, a' chuid a bu mhiosa de na bha ri thighinn, bha Ar-a-mach nan Seumasach gu bhith na dhùbhlan mòr do Dhùghall.

Cha robh ceist sam bith ann a-riamh gun seasadh Dùghall còir a' Phrionnsa ged a chaidh mòran de a chàirdean, na Bochanain, a fhreagairt na gairme gu armachd. Bha beachdan Dhùghaill air an Ar-a-mach stèidhichte air a' chreideamh Chrìosdail agus faclan a' Bhìobaill mar a thuig e iad: sgrìobh an Naomh Pòl gu buill na h-eaglaise òige anns an Ròimh nach robh cumhachd talmhaidh ann ach bho Dhia agus gum bu chòir dhaibh a bhith umhail do na h-ùghdarrasan. A bharrachd air sin, bha Dùghall cinnteach gun robh e a' sabaid mar-thà anns a' chath a bu chudromaiche na bheatha-sa, agus e a' strì ri Rìoghachd Nèimh a ruigsinn.

B' e na tachartasan a lean call Chùil Lodair a dh'fhàg làrach dhomhainn ann. Bha na Bochanain a mhair beò air an cur fon choill, an t-Arm Dearg air an tòir. Chaidh na taighean aca a losgadh gu làr agus am mnathan agus an teaghlaichean fhuadachadh. B' e deireadh na cùise gun robh feadhainn de na Bochanain air an glacadh agus air an toirt a Charlisle, far an d' fhuair iad droch dhìol gun tròcair. A thaobh Fhrangain Bhochanain, Earrann a' Phriair, a chuireadh gu bàs gu brùideil mar bhrathadair, bha coltas ana-ceartais mhì-chiataich air a' ghnothach. Mar thoradh air na gnìomhan olca sin, bha Dùghall air a lìonadh le feirg. Cha robh sòlas ri fhaighinn ach ann an ùrnaigh dhùrachdaich. B' e briseadh-dùil dhòmhsa a bha ann a bhith a' faicinn an duine mhaith choibhneil a' fulang anns an dòigh seo. Bu tric a rachadh na h-ùrnaighean agam fhìn còmhla ris an fheadhainn aigesan gu Cathair a' Ghràis.

As t-earrach 1749, dìreach nuair a bha piseach a' tighinn air cùisean agus sìth a' tilleadh, thàinig tinneas air athair Dhùghaill agus chaochail e an ceann trì no ceithir a sheachdainean. On a b' e Dùghall am mac a bu shine, bha aige ri tiomnadh athar a shocrachadh. Ged a bha e fhathast dealasach gu bhith na thidsear, shealbhaich e muileann athar agus na còraichean air pìos fearainn faisg air làimh. Nuair a thàinig e air ais don taigh againne as t-samhradh, bha fios agam gun robh e am beachd bruidhinn rim athair. Bha e ag iarraidh a chead mo phòsadh.

Bha fiamh sòlaimte air aodann Dhùghaill nuair a bhruidhinn e rium am feasgar sin. 'Feumaidh tu smaoineachadh air na tha mi a' tairgsinn dhut, a Mhairead,' thuirt e. 'Mar as math a tha fios agad, tha am muileann agus am fearann agam ann an Srath Eadhair, ach 's ann beag suarach a tha an taigh an coimeas ris an taigh mhòr seo. A bharrachd air sin, tha mi cinnteach gu bheil mi gam ghairm gu bhith nam thidsear do na daoine bochda ann an Siorrachd Pheairt. Bidh e mar fhiachaibh orm a dhol far am bi a' ghairm sin gam stiùireadh.'

Phòs sinn as t-foghar ann an Taigh Mòr Labhair. B' e ministear ùr Eaglais Thulach-chaidil, an t-Urr Raibeart Mèinnearach, a bha air na gairmeannan-pòsaidh a leughadh agus b' esan a thàinig don taigh gus an t-seirbheis a chuairteachadh air latha na bainnse. Ged a bha e fhathast na dhuine òg, bha spèis mhòr aig an t-sluagh dha. Bha e air dol a Charlisle air muin eich a dhèanamh eadar-ghuidhe gu pearsanta às leth fir Chomaraidh a bha a' feitheamh ri breith na cùirte. Ghabh Diùc Cumberland ri athchuinge agus, mar sin, bha mòran dhaoine anns an sgìre fada fada na chomain.

Thug mo phàrantan cuireadh do chàirdean is do luchd-eòlais chun na bainnse agus thàinig àireamh mhòr dhiubh à Siorrachd Àir. Bha mi air mo dhòigh gun robh grunn dhaoine an làthair gus teaghlach Dhùghaill a riochdachadh. Tha cuimhne mhath agam fhathast air cho eireachdail 's a bha Dùghall agus a bhràithrean. Ged a bha an deise Ghàidhealach toirmisgte aig an àm, bha peiteanan breacain orra. Bha dreasa bhrèagha ghorm orm fhìn, air a dèanamh às an aodach a bu mhìne. Bha i air a bhith mu mo mhàthair air an latha-pòsaidh aice fhèin o chionn mòran bhliadhnaichean. Tarsainn air mo ghualainn, ceangailte le bràiste mhòir, bha crios de bhreacan dearg orm, tiodhlac bhon Bh-Uas Sage. Le cead Iarla Lobhdainn, bha an t-suipear-bainnse air a cumail ann an seòmar-ithe Thaigh Mòr Labhair. Bha biadh am pailteas ann, mairtfheòil ròsta, sitheann agus cearc, agus clàireat ri òl. Nuair a fhuair na h-aoighean an sàth, sheas m' athair aig ceann a' bhùird agus thog e a ghlainne. Thug e a bheannachd dhuinn agus dh'òl a h-uile duine deoch-slàinte.

Làrna-mhàireach, thug mi fhìn agus Dùghall an rathad oirnn chun na beatha ùire againn ann am Muileann Ardaich ann an Srath Eadhair. B' e taigh sìmplidh a bha ann le dà sheòmar. B' e latha eile a bha ann dhòmhsa ach bha sinn tuilleadh 's toilichte riaraichte leis. Rugadh ar ciad leanabh, Iain, ann an Ardach ann an 1750 ach fhuair sinn briseadh-cridhe nuair a chaochail e na naoidhean beag. Bha sinn gu bhith air ar beannachadh le leanaban eile, ge-tà, agus thàinig Sìne, nighean bheag bhòidheach, ann an 1753. Cha do rugadh ise ann an Ardach. Bha eud Dhùghaill a bhith na thidsear air ar beatha a ghluasad air adhart ann an dòigh ris nach robh sinn an dùil idir. Rugadh Sìne ann an Druim a' Chaisteil ann an Raineach, sgìre aig an robh mì-chliù aig an àm mar an tè a bu bhuirbe ann an Alba gu lèir.

Chaidh sinn a Raineach as t-foghar 1750 air iarrtas Mhgr Uilleim Ramsay, fear-lagha à Dùn Èideann a bha na bhàillidh os cionn oighreachd an t-Sruthain. B' e seo tè de na h-Oighreachdan Dì-chòirichte, oighreachdan a bha air an glacadh leis a' Chrùn mar pheanasachadh do na h-uachdarain Sheumasach. Bha Mgr Ramsay dìoghrasach a thaobh sgoiltean ann an Raineach. Bha e a' creidsinn gum b' ann ann am foghlam sgoilearach moralta a bha an aon dòchas gun leasaicheadh muinntir na sgìre. Bha e eòlach air ainm Dhùghaill mar thidsear air leth agus mar dhuine daingeann. An dèidh àm dearbhaidh, dh'iarr e air Dùghall taigh a ghabhail ann an Druim a' Chaisteil agus taic a thoirt dha ann a bhith a' suidheachadh sgoil ùr an sin. Mar chomharradh air a dhùrachd, gheall e gum pàigheadh e tuarastal Dhùghaill gu pearsanta.

Nuair a bha Dùghall deiseil, ghluais mise gu bhith còmhla ris. Cha bhithinn aig fois idir ann an Raineach: bhithinn a' teagasg snìomh clòimhe agus lìn agus fighe do na mnathan agus nigheanan. Dh'fheumte a ràdh gun robh an taigh-tughaidh againn, beagan is mìle an ear air Loch Raineach, caran beag seann-fhasanta. A dh'aindeoin na tuigse a bha aca air gairm Dhùghaill, bha mo phàrantan fo iomagain mu ar slàinte agus ar tèarainteachd. Ach bha sinne òg agus eudach agus bha sinn toilichte a bhith gar fàgail fhèin ann an làmhan Dhè. Air sgàth coibhneas Mhgr Ramsay agus nan nàbaidhean againn, cha robh rud sam bith a dhìth oirnn anns na bliadhnaichean tràtha sin. Aig a' cheart àm, bha an teaghlach againn a' teannadh ri fàs: rugadh Iain ann an 1756 agus Alasdair ann an 1757.

Ann an 1758, thàinig atharrachadh eile nar beatha. Thòisich an t-Ensign Seumas Small air tuarastal Dhùghaill a rèiteachadh. Bha Mgr Ramsay air a dhreuchd mar bhàillidh a leigeil dheth ann an 1754 agus b' e an t-Ensign Seumas Small a ghabh àite. Bha Dùghall air a bhith eòlach air an Ensign fad grunn bhliadhnaichean agus, gu mì-fhortanach, cha robh càirdeas blàth eatarra idir. Bidh mi a' toirt iomradh air na h-adhbharan dha sin mar a thèid an aithris seo air adhart. Bha amharas oirnn gum faodadh trioblaid a bhith ann agus thàinig sin gu bith ceart gu leòr.

Mar a chaidh a' bhliadhna 1758 air adhart, cha robh guth air tuarastal Dhùghaill idir. Bha e follaiseach dhuinn gum biodh sinn ann an èiginn ann an ùine nach biodh fada. Thàinig an t-Ògmhios, am mìos ris an canadh muinntir na sgìre 'na liathruisgean', àm gainne do na daoine agus do na h-ainmhidhean. Bha stòras an fhoghair air teireachdainn agus cha robh càil ri ithe às an fhearann ach na diasan liatha a bha a' teannachadh ri abachadh. Is math gun robh an taigh ann an Srath Eadhair againn. Bha Donnchadh, leth-bhràthair Dhùghaill, ag obair anns a' mhuileann agus air an fhearann às ar leth ach bha fios aige air an t-suidheachadh againn. Bha na bràithrean cho fìor mheasail air a chèile agus bha aonta ann eatarra gum faodamaid tilleadh a dh'Ardach aig àm sam bith. Aig toiseach an Iuchair, agus na h-achaidhean fhathast gun toradh, cha robh roghainn againn ach tilleadh a Shrath Eadhair.

On a bha Donnchadh an sàs ann an obair an fhearainn, bha e comasach do Dhùghall adhartas a dhèanamh ann an iomairtean eile, gu sònraichte ann an eadar-theangachadh ùr a' Bhìobaill. Ged a bha am Bìoball ri fhaighinn anns a' Bheurla agus anns a' Chuimris fad dà cheud bliadhna cha mhòr, cha do nochd Facal Dhè ann an Gàidhlig na h-Alba gus an do dheasaich an t-Urr Raibeart Kirk am Bìoball Èireannach ann an 1690. Ach bha mòran den bheachd gun robh cus ghnàthasan-cainnt Èireannach fhathast ann am 'Bìoball Kirk', mar a chanadh iad ris; bha mòran dhaoine a' coimhead airson tionndadh na bu nàdarraiche, air a tharraing às na ciad chànanan, a' Ghreugais agus an Eabhra.

B' e deireadh na cùise gun do dh'aontaich an SSPCK (*Society in Scotland for Propagating Christian Knowledge*) ri eadar-theangachadh ùr den Tiomnadh Nuadh a mhaoineachadh. Bha fios aca gun robh Dùghall na eadar-theangaiche air leth ach bha iad den bheachd gum bu chòir do mhinistear na h-eaglaise a bhith os cionn na h-obrach chudromaich seo. Ann an 1760, an dèidh sreath de dhùbhlain, fhuair an SSPCK taic bhon Urr Seumas Stiùbhart agus thug iad cuireadh do Dhùghall a bhith na fhear-cuideachaidh dha. Bha Dùghall air a dhòigh gabhail ris a' chuireadh. Bha fios agam gun robh e air a bhith ag obair leis fhèin air an Tiomnadh Nuadh Ghreugais fad bhliadhnachean agus bha e air earrannan mòra dheth a thionndadh gu Gàidhlig na h-Alba.

Anns an eadar-àm, bha an aon bhuidheann, an SSPCK, air ar brosnachadh tilleadh a Raineach. A dh'aindeoin nan geallaidhean a thug iad dhuinn, bha duilgheadasan ann fhathast tuarastal Dhùghaill fhaighinn. Cha robh sinn cinnteach cò a bha ri choireachadh ach bha sinn air ar sàrachadh leis an dàil. Nuair a thàinig a' bhliadhna 1765, bha sianar de theaghlach againn: Sìne, Iain, Alasdair, Ealasaid, Mairead agus Dùghall beag. Bha feum againn air airgead airson ar cuid bìdh agus aodaich.

Cha do chuir cùram aimsireil stad air eud Dhùghaill, ge-tà, agus chùm e air ag obair air an Tiomnadh Nuadh leis an Urr Stiùbhart. B' ann an ceann na h-obrach iongantaich sin a fhuair e e fhèin ann am prìomh bhaile na h-Alba, Dùn Èideann, thar nan geamhraidhean 1765/66 agus 1766/67.

CAIBIDEIL A TRÌ

Ann an Taigh a' Chlò-bhualadair, Dùn Èideann, am Màrt 1767

NUAIR A BHA Dùghall ag obair ann an Dùn Èideann, b' e baile mòr a bha ann le sluagh de 50,000, no dlùth ri sin. Bha cruth a' bhaile mheadhain-aoiseil fhathast ri fhaicinn ged a bha e air sìor fhàs thar nan linntean. Ach bha atharrachaidhean mòra air fàire: bha Dùn Èideann gu bhith a' dol am feabhas le prògram-meudachaidh catharra a dhèanadh dheth, ann am beachd mòrain, am baile-mòr a bu bhrèagha air an t-saoghal.

Ann an 1767, ge-tà, bha na h-atharrachaidhean fhathast ri thighinn agus b' e an Seann Bhaile cridhe Dhùn Èideann. Bha dà roinn ann: prìomh shràid a' bhaile, air a togail air an druim, mu mhìle a dh'fhaid, eadar Creag a' Chaisteil anns an àird an iar agus Taigh an Ròid anns an àird an ear; fòidhpe agus gu deas, bha Bothar a' Chruidh.

Air a' phrìomh shràid, bha goireasan de gach seòrsa a bha riatanach do na daoine a bha a' fuireach agus ag obair an sin: eaglaisean, cùirtean, gnìomhachasan, taighean-cofaidh, taighean-seinnse, bùithtean agus prìosan. Os cionn nan gnìomhachasan agus nam bùithtean, bha muinntir a' bhaile, an dà chuid mithean agus maithean, a' gabhail còmhnaidh ann an seòmraichean air na làran uachdarach. Bha cuid de na togalaichean gu sònraichte àrd – seachd làran aig a' char a b' àirde. Eatarra, bha clobhsaichean casa caola nan ruith sìos cliathaich an droma gu Bothair a' Chruidh air an dàrna taobh agus chun an Locha a Tuath air an taobh eile. Bha aitreabh Balfour, Auld agus Smellie ann an clobhsa mar seo, faisg air Creag a' Chaisteil, agus bha Dùghall a' fuireach ann an taigh-loidsidh ceud slat an ear air.

Bho na linntean o shean, bha crodh air a bhith air an iomain gu margaid tro Bhothar a' Chruidh. Ri taobh na slighe aosta, bha an sgìre dùmhail agus bha cuid de na taighean ann an droch staid – a dh'aindeoin sin, bha sluagh mòr a' fuireach annta. Na b' fhaide chun na h-àirde a deas, bha togalaichean ùra fasanta rim faicinn: ceàrnagan spaideil, Oilthigh Dhùn Èideann agus an Taigh-eiridinn Rìoghail air an do rinn mi iomradh mar-thà.

Bha an Loch a Tuath na shìneadh fad còrr is leth-mhìle a dh'fhaid tuath air a' phrìomh shràid. B' ann thairis air an loch seo a choimhead muinntir Dhùn Èideann air armailt a' Phrionnsa ann an 1745, agus e a' teannadh orra air an druim eadar am baile agus Linne Foirthe. Theich fir-gleidhidh a' bhaile gu tèarmann a' chaisteil fhad 's a bha am Prionnsa a' gabhail còmhnaidh ann an Taigh an Ròid ro Bhlàr Sliabh a' Chlamhain. Thar nam bliadhnaichean, ge-tà, bha an loch air fàs truaillte leis an t-salchar a shruthadh sìos bhon phrìomh shràid agus le taomadh an luchd-cartaidh. Mar phàirt de na leasachaidhean ùra, dh'fheumte a dhrèanadh.

Chaill Dùn Èideann inbhe gu mòr an dèidh Aonadh nam Pàrlamaidean ann an 1707, ach bha fir chomasach anns a' bhaile a bha a' seasamh a chòraichean, a leithid Sheòrais Drummond, a dhealbh agus a chuir an gnìomh toiseach ath-bheothachadh Dhùn Èideann. Ann an 1725, mar Mhorair Pròbhaist, dh'iarr e maoineachas gus taigh-eiridinn ùr a thogail, ospadal airson leas a h-uile duine a bha a' fuireach ann an Alba. Ann an 1752, b' esan a chuir an clò na planaichean, na *Proposals* mar a chanadh iad riutha, a thaobh Bhaile Ùr Dhùn Èideann. Bhathar an dùil gun cosnadh àilleachd agus stoidhle chlasaigeach a' Bhaile Ùir cliù air feadh an t-saoghail. Bhiodh iomadh duine beairteach a' sireadh àite-còmhnaidh ann.

Cha robh am Baile Ùr seo ach na dhealbh air pàipear, ge-tà, nuair a choisich Dùghall a-mach à Taigh-eiridinn Rìoghail Dhùn Èideann air a' mhadainn fhuair reòthta ud anns a' Mhàrt. An dèidh blàths an t-seòmair-opairèisein, chuir e fàilte air an àile ghlan. Tharraing e ad chlòimhe sìos ma chluasan agus cheangail e putanan a chòta mhòir.

Thòisich e air an t-slighe a dh'ionnsaigh Chaigeann Naomh Moire. Cha b' e sin an t-slighe a bu ghiorra gu taigh a' chlò-bhualadair ach cha robh i ro shleamhainn. B' e an geamhradh seo am fear a b' fhuaire airson còrr is fichead bliadhna, le gaothan làidir on àird an ear, sneachda agus reothadh cruaidh. Cha bu bheag an àireamh a chaochail leis an fhuachd.

Aig ceann Chaigeann Naomh Moire, thionndaidh Dùghall chun na h-àirde an iar agus chaidh e suas an t-Sràid Àrd. Bha e a' meòrachadh air caochladh nithean: air na chunnaic e anns an Taigh-eiridinn; air obair an latha a bha roimhe; air an teaghlach aige ann an Siorrachd Pheairt. Leis na smuaintean deireannach sin, thàinig fiamh a' ghàire air aodann. Nan ceadaicheadh na siantan, bhiodh e air ais ann an Raineach ann an seachdain no dhà.

Bha Clobhsa Morocco tuath air Margadh an Fhearainn faisg air Sràid Cnoc a' Chaisteil. Bha aitreabh Balfour, Auld agus Smellie aig ceann a' chlobhsa seo a shìn a-mach fad leth-cheud slat a dh'fhaid mus do thuit an talamh gu grad os cionn an Locha a Tuath. Bha coltas neònach air taigh a' chlò-bhualadair. Bha e ceithir làran a dh'àirde, an dàrna làr air a thogail à fiodh agus glainne ann an leithid a dhòigh 's gun seasadh e a-mach bhon togalach fhèin. Bha uinneagan mòra ann, an aghaidh ris an àird a deas agus ris an àird an iar, a chum 's gun dèanadh iad a' chuid a b' fheàrr de sholas na grèine.

Chaidh Dùghall tron bhùth-leabhraichean air a' chiad làr agus, an uair sin, suas an staidhre don dàrna làr – seòmar soilleir farsaing far an robh na clò-bhualadairean ag obair air a' chlò-bheairt. B' ann an seo a bha an oifis far an dèanadh Dùghall sgrùdadh air dearbhaidhean a' chlò nuair a thigeadh iad a-mach às a' chlò-bheairt – duilleagan an Tiomnaidh Nuaidh air an tionndadh gu Gàidhlig.

Bha e air a bhith na thuras fada chun na h-ìre seo ach bha an obair gu bhith deiseil. Mura biodh bacadh ann, bhiodh an leabhar air a chlò-bhualadh agus ri fhaighinn airson a sgaoileadh anns an t-samhradh. Ged a bha an t-Urr Seumas Stiùbhart, ministear Chill Fhinn, os cionn na h-iomairt, bha Dùghall, leis an eòlas aige air a' Ghreugais agus a sgilean mar eadar-theangaiche, na fhear-taice air leth math dha.

Nuair a cheadaicheadh an ùine, bhiodh Dùghall a' cumail sùil air pìos sgrìobhaidh eile agus ga stiùireadh tron chlò, am pìos-sgrìobhaidh aige fhèin. Bha a chàirdean ann an Dùn Èideann air a bhrosnachadh gus leabhar de a bhàrdachd fhèin a chur ri chèile. Leis an taic airgid aca, rinn e an dearbh rud: b' e leabhar de thrì fichead duilleag agus a h-ochd a bha ann, na *Laoidhe Spioradail*.

Mar thoradh air toiseach às an àbhaist na maidne sin, bha an t-Urr Stiùbhart agus a mhac Iain ri an obair mus do ràinig Dùghall an oifis. An dèidh dhaibh beannachdan a thoirt dha chèile, choimhead iad air na duilleagan a b' ùire: an seachdamh caibideil deug de Thaisbeanadh Eòin. Thàinig e a-steach orra cho faisg 's a bha iad air crìoch a chur air na h-oidhirpean aca. Bha na ceithir duilleagan deireannach den Tiomnadh Nuadh nan làmhan mus deach lasadh a chur ris na coinnlean airson obair na h-oidhche.

Nuair a bha na dleastanasan aige ann an oifis a' chlò-bhualadair seachad, chaidh Dùghall don taigh-loidsidh ann an Clobhsa Carrubber far an robh seòmar aige. Aig an uair seo, ghabhadh e biadh mus togadh e air do dh'Oilthigh Dhùn Èideann, gu òraid air Eòlas-nàdair, Reul-eòlas no fear de thaisbeanaidhean Eòlais-bodhaige leis an Dr Innes. Ged a bhiodh Eòlas-bodhaige air a theagasg, anns a' phrìomh àite, airson buannachd nan oileanach meidigeach, bhiodh fàilte ann ro oileanaich de gach seòrsa. Bha inntinn gheur aig Dùghall agus chòrd e ris a bhith ag ionnsachadh rud sam bith a bheireadh tuigse na bu doimhne dha air Cruthachadh Dhè.

Gu h-àbhaisteach, bhiodh e a' tilleadh don taigh-loidsidh mu naoi uairean feasgar ach cha bhiodh e a' dol mu thàmh. Bhiodh e a' dèanamh deiseil airson Latha na Sàbaid. On a chaochail an t-Urr Niall Mac a' Bhiocair ann an 1747, cha robh duine ann an Dùn Èideann a rachadh an ceann seirbheise Gàidhlige. B' aithne do na Gàidheil ann an Dùn Èideann cliù Dhùghaill agus chuir iad fios thuige cho luath 's a ràinig e am baile-mòr ann an 1765. Bha Dùghall toilichte a bhith gan cuideachadh agus bha e tuilleadh is comasach air an Soisgeul a shearmonachadh dhaibh anns a' Ghàidhlig. Bha mòran ann a bha air an neartachadh le cumhachd searmonachadh Dhùghaill agus leis an eòlas a bha aige air a' Bhìoball.

****

A' mhadainn ud air an robh Alasdair agus Seumas Small gu bhith a' tadhal air taigh a' chlò-bhualadair, dh'èirich Dùghall aig seachd uairean agus ghabh e lite agus bainne gu a bhracaist mar bu ghnàth leis. Dh'fhalbh e bho Chlobhsa Carrubber aig ochd uairean. Bha an t-sìde fuar tioram ach cha tug e ach mionaid no dhà bhuaithe Clobhsa Morocco a ruigsinn. Anns an oifis, bha solas gu leòr airson obair an latha roimhe ath-sgrùdadh.

Aig naoi uairean gu pongail, fhuair Dùghall brath gun robh na bràithrean Small a' feitheamh ris shìos an staidhre anns a' bhùth-leabhraichean. Chaidh e a choinneachadh riutha gun dàil agus thug e suas iad don oifis air an dàrna làr. B' aithne do Sheumas Small an t-Urr Stiùbhart agus a mhac ach bha aig Dùghall ri an cur an aithne Alasdair Small. A rèir coltais, ghabh am bràthair a bu shine gu toilichte ris an iomradh a rinn Dùghall air mar 'fhear de na lannsairean as cliùitiche ann an Lunnainn'. Rug e air làimh air a' mhinistear agus air a mhac. An dèidh sin, thug Dùghall na bràithrean don t-seòmar far an robh a' chlò-bheairt ag obair gu trang.

Sheas na bràithrean Small airson greis a' coimhead gu dian air an obair a bha a' dol air adhart anns an rùm. Fhad 's a bha iad a' dèanamh sin, thug Dùghall sùil orrasan. Cha robh fear seach fear dhiubh àrd ach, a-mach air sin, cha robh iad coltach ri chèile idir. Bha am bràthair a bu shine tiugh reamhar an coimeas ris a' bhràthair a b' òige a bha caol seang. Ach, a thuilleadh air sin, cha b' ionnan iad nan giùlan. Nuair a bha iad còmhla ri chèile, b' e Alasdair, sgeadaichte ann am piorbhaig agus aodach cosgail, a bheireadh smachd air a' chòmhradh agus bhiodh Seumas na thost. Bha coltas air Alasdair gum biodh e bras na nàdar ged a bha Seumas stòlda rianail. Ma dh'fhaodte gun toireadh Seumas ùmhlachd do dh'Alasdair mar am bràthair a bu shine. Ge be air bith dè an t-adhbhar, ann an cuideachd a bhràthar, chuireadh sùilean Sheumais Small an cèill fiamh an iomagain.

Ged a bha e air tadhal air taighean chlò-bhualadairean ann an Lunnainn, thug na chunnaic e buaidh mhòr air Alasdair Small agus cha robh e comasach dha sin fhalach. Bha an seòmar farsaing air a shoillseachadh le solas na grèine a bha a' tighinn a-steach air na h-uinneagan. Air an làimh chlì bha dà chèis a bha làn clò às am biodh na clò-shuidhichean a' toirt nan litrichean a chuireadh iad nan seantansan anns na frèamaichean. Air an làimh dheis bha dà chlò-bheairt ann, air an dèanamh à fiodh agus meatailt agus ceangailte ris an làr agus ris a' mhullach le iallan iarainn. Aig gach clò-bheairt, bha dithis fhear ag obair còmhla le pàipear agus le dubh. Ghluais iad gu luath agus gu sgileil. Nam b' ann ceart a bha tuairmse Alasdair, bhiodh iad a' clò-bhualadh cheithir duilleagan gach mionaid.

''S e gnothach air leth math a tha seo, a Mhgr Bhochanain,' ars Alasdair Small, agus e a' leth-thionndadh gu Dùghall. 'Tha an solas sgoinneil. Cuiridh e iongantas oirbh a bhith ag ionnsachadh gun cleachd na clò-bhualadairean ann an Lunnainn pàipear air a bhogadh ann an ola mar uinneagan seach a' ghlainne a tha mi a' faicinn an seo.'

Ghnog Dùghall a cheann ach cha tuirt e facal.

'Saoil càit' an robh na beairtean seo air an dèanamh? A bheil fios agaibh?'

Mus robh cothrom aig Dùghall freagairt, chualas guth duine a bha a-nis na sheasamh air an cùlaibh. 'Bha iad air an dèanamh le Bell agus Hay, an seo ann an Dùn Èideann.'

'Madainn mhath dhuibh, a Mhgr Smellie,' thuirt Dùghall. Thionndaidh e agus rug e air làimh air an fhear òg. 'A dhaoin' uaisle, am faod mi ur cur an aithne a chèile. A Mhgr Smellie, seo Mgr Alasdair Small, lannsair cliùiteach à Lunnainn, agus a bhràthair, an t-Ensign Seumas Small a tha na bhàillidh air Oighreachd an t-Sruthain. A dhaoin' uaisle, 's e Mgr Uilleam Smellie am fear as òige de shealbhadairean a' ghnìomhachais seo. B' e ainm fhèin a chunnaic sibh air an t-sanas aig an doras fhad 's a bha sibh a' tighinn a-steach.'

'Tha e na urram dhomh a bhith a' coinneachadh ribh, a Mhgr Smellie,' ars Alasdair Small. 'Tha mi air a bhith a' gabhail tlachd a' coimhead air mar a bhios an gnìomhachas agaibh ag obair.'

'Cha bhi sinn a-chaoidh gann de dh'obair,' thuirt Uilleam Smellie le braoisg air aodann. 'Tha taighean-seinnse agus taighean-cofaidh a' bhaile seo a' cur thairis le fir-lagha. Bidh iadsan a' dèanamh cinnteach nach bi tàmh sam bith againn.'

Choimhead an dithis fhear gu mionaideach air a chèile: an lannsair àrdanach liath agus an clò-bhualadair òg air an robh aodann balachail agus falt bachlach donn.

'Am bu toil leibh an obair a sgrùdadh?' dh'fhaighnich Uilleam Smellie. 'Cha bhi sinn a' cur dragh air an luchd-obrach. Tha iad cleachdte ri bhith fo mo shùil ghèir.'

'Bu toil, gu dearbh. Tapadh leibh,' fhreagair Alasdair Small agus thòisich an dithis air coiseachd sìos meadhan an t-seòmair, Dùghall agus Seumas Small air an cùlaibh.

'Bha mi dìreach a' toirt iomradh air an t-solas iongantach anns an t-seòmar seo,' thuirt an lannsair. 'Ann an Lunnainn, 's e pàipear ùillte a bhios aca anns na h-uinneagan. Millidh sin an t-soillse gu ìre mhòir.'

'Chunnaic mi an dearbh rud ann an Lunnainn,' fhreagair an clò-bhualadair òg. 'Ach an-diugh, tha an uiread de chlò-bhualadairean Albannach ag obair anns a' bhaile-mhòr sin. Tha mi an dùil gun tig piseach air cùisean. Chan fhada gus am bi na h-Albannaich a' teagasg an co-obraichean Sasannach agus a' toirt solas a' ghliocais dhaibh.'

'Gu dearbh!' arsa Small le gàire bhig, ach bha aodann a' nochdadh a' chiad chomharraidh gun robh àbhachdas an duine òig a' tòiseachadh air a shàrachadh.

Lean Smellie air adhart, 'An seo, air an làimh chlì, chì sibh an clò air a chur air rian anns a' chèis. Tha na litrichean mòra ann am pàirt uachdarach na cèise, na litrichean beaga anns a' phàirt ìochdarach.'

'A! Tha mi a' tuigsinn. An e sin as adhbhar do na briathran 'litrichean na cèise uachdaraich' agus 'litrichean na cèise ìochdaraich'?' dh'fhaighnich Mgr Small.

''S e, gu dearbh,' fhreagair Uilleam Smellie. Chaog e a shùil ri fear de na clò-shuidhichean. 'A' mhadainn seo, tha sinn a' cleachdadh clò Caslon airson pàipear-seisein cùirte.'

'Clò an t-Sasannaich ainmeil, Mgr Caslon, tha mi an dùil?' dh'fhaighnich Alasdair Small.

''S e. Tha sibh ceart. 'S e ainm an duine chliùitich sin a th' air a' chlò. Ach tha mi toilichte a ràdh gun robh an clò againn air a leagh-dhealbhadh an seo ann an Dùn Èideann, ann an ionad-leaghaidh Baine air Cnoc Calton.'

'Agus a bheil e math gu leòr, an clò a tha air a leagh-dhealbhadh ann an Alba?' dh'fhaighnich Small.

'Ò, tha e math dha-rìribh,' fhreagair Smellie. 'Chanainn-sa gur e an clò as fheàrr a gheibhear.'

Rinn e comharradh ris a' chlò-shuidhiche a bha ag obair air a' chèis, a' lìonadh a' bhata-òrduigh aige le clò. Shìn an duine am bata a-null dhaibh airson sgrùdadh an lannsair.

'Chan eil an t-eòlas agam a bhith a' tighinn gu co-dhùnadh ma dheidhinn,' ars esan. 'Gabhaidh mi ris air an fhacal agaibh fhèin.'

''S i a' bheairt seo a nì an clò-bhualadh,' lean Smellie air adhart, agus e a' tionndadh chun na clò-bheairt a bha faisg air làimh. 'Bidh an dàrna fear a' dubhadh nan litrichean agus am fear eile ag obrachadh cas na beairte.'

Aig an ìre seo, bha iad air ceann an t-seòmair a ruigsinn far an robh preantas a' nighe cèis làn de chlò ri taobh an teine.

'An seo, chì sibh duilleag den Tiomnadh Nuadh Ghàidhlig ga glanadh le bruis agus salann-na-groide le mo charaid dhìcheallach,' thuirt Smellie.

'An e clò Èireannach a th' ann, ma-thà?' dh'fhaighnich Alasdair Small.

'Chan e. Chan ann Èireannach a tha e idir. 'S e clò Ròmanach a th' ann, le stràc air na fuaimreagan freagarrach do theacsa Gàidhlig. A-rithist, bidh sinn ga fhaighinn bho ionad-leaghaidh Baine air Cnoc Calton.'

'Tha sin fìor inntinneach ach is cinnteach nach eil feum air clò Gàidhlig ach a-mhàin airson a' Bhìobaill. Agus fiù 's leis an leabhar ionmholta sin, chan eil mi an dùil gum bi an clò air a chaitheamh gu ìre mhòir.'

'Bithidh. Bidh e air a chaitheamh, gu dearbh. Bidh deich mìle lethbhreac air an cur an clò.'

'Agus a bheil sibh an dòchas, a Mhgr Smellie, gum bi na leabhraichean seo rin lorg air sgeilpichean-leabhraichean nan Gàidheal? Sgeilpichean, tha mi an dùil, nach eil a' cur thairis le sgrìobhaidhean Gàidhlig.' Dh'fheuch Alasdair Small ri fiamh a' ghàire a sheallèainn do a bhràthair, Seumas, ach, a rèir coltais, bha esan air a bheò-ghlacadh le obair nan clò-shuidhichean.

'Tha, gu dearbh. Bhithinn an dòchas gum biodh mòran dhiubh rim faighinn ann an dachaighean an t-sluaigh. Tha fios agam gum bi a' bhochdainn agus cion litearrachd a' cur bacadh air a' chùis ach 's ann an aghaidh nan dùbhlan seo a bhios muinntir na h-Alba a' strì an-dràsta. A thaobh sgeilpichean-leabhraichean, chan eil gainnead leabhraichean anns a' Ghàidhlig. Tha sgeilpichean na bùth-leabhraichean air a' chiad làr den togalach seo loma-làn dhiubh. Cha chreid mi nach eil còrr is trì fichead leabhar Gàidhlig ann an leabharlann m' athar. Agus bidh clò-bhualadairean a' cur ris an àireimh sin gach bliadhna.'

'Air mo shon-sa, chan fhaic mi feum ann an litreachas nach eil ann am Beurla an Rìgh,' fhreagair Small, a' suathadh nèapraigear ri a shròin.

'Tha a bharail fhèin aig gach duine agus tha còir aige rithe. 'S i mo bharail-sa gu bheil fàilte ron Bheurla ann an Alba ach nach eil feum againn air an rìgh.'

Thòisich aodann an lannsair a' deargadh le feirg. Thionndaidh e a choimhead air a bhràthair ach cha robh e air faclan a' chlò-bhualadair a chluinntinn idir.

''S e ladarnas mòr a th' oirbh, a dhuine òig! Tha ur baraill mì-chiatach. Chan iad seo faclan an tìr-ghràdhaiche. Na cluinneam an còrr. Bha mi dìreach a' dol a thoirt rabhadh dhuibh a thaobh a' chlò-luaidhe agaibh. Cha bu chòir dhuibh a bhith ga làimhseachadh an dèidh a theasachadh fa chomhair an teine. Tha cunnart ann. Ach 's dòcha gum biodh puinnsean-luaidhe freagarrach do phoblachdach mar a tha sibh fhèin!'

Aig an dearbh mhionaid sin, chaidh Dùghall anns an eadraiginn. Thug e ceum air adhart agus sheas e gu ciùin eadar an dithis fhear. Cha robh fiamh a' ghàire sìobhalta Mhgr Small a' falach gun robh an dearg-chuthach air.

'Le ur cead, a dhaoin' uaisle.

'Taing mhòr, a Mhgr Smellie, airson sealladh air leth inntinneach a thoirt dhuinn de dh'obair a' chlò-bhualadair,' lean Dùghall air adhart. 'Ach feumaidh mi tilleadh don oifis agus gum obair fhìn. Mus till mi, ge-tà, bu toil leam coiseachd leis na daoine uasal seo don t-Sràid Àird. Tha mi cinnteach gu bheil mòran aca ri fhaicinn mus tig am meadhan-latha.'

Cha do rinn Alasdair Small ach gnogadh cinn beag a dh'ionnsaigh a' chlò-bhualadair òig. Thionndaidh e air a shàil agus choisich e chun an dorais, a' dèanamh dìmeas air a h-uile duine agus a h-uile nì fhad 's a bha e a' falbh. Bha iongantas air Seumas Small nuair a thàinig stad air an turas. Cha robh fios aige gun robh a bhràthair air oilbheum a ghabhail bho fhaclan Uilleim Smellie. Rug e air làimh air agus thug e taing chridheil dha.

Bha Alasdair Small air bhoil fhathast nuair a ràinig an triùir fhear an t-Sràid Àrd. Bha e a' feuchainn ri fhearg fhalach le a bhith a' sgrùdadh gu mionaideach nan togalaichean fada air fàire anns an àird an iar.

'B' i cuairt glè inntinneach a bha sin, a Mhgr Bhochanain,' thuirt Seumas Small. 'Mus dealaich sinn, ge-tà, tha cuimhne agam gu bheil cuireadh agam dhuibh. An tig sibh gu dìnneir còmhla rinn aig seachd uairean feasgar ann an taigh Mhgr Alasdair Wood? Tha e a' fuireach aig 4, Clobhsa Hyndford. Tha mi an dòchas gum bi sin freagarrach dhuibh.'

'Mòran taing, Ensign. Tha mi a' gabhail ris a' chuireadh gu toilichte. Tha mi an dòchas gum bi cothrom agam eòlas nas doimhne a chur air ur bràthair agus air Mgr Wood. Beannachd leibh gus an coinnich sinn a-rithist.'

Ghnog na daoine an cinn gu modhail agus dhealaich iad.

CAIBIDEIL A CEITHIR

Taigh Mhgr Shandaidh Wood, Dùn Èideann, am Màrt 1767

AN DÈIDH DÌNNEIR bhlasta – mairtfheòil agus buntàta – dh'fhàg a' Bh-ph Wood an seòmar-ithe agus na fir ri còmhradh.

Bha seòmraichean an lannsair air an dàrna làr de thogalach a bha ceithir làran a dh'àirde. Cha robh na seòmraichean ro mhòr ach bha iad grinn cofhurtail. Bha na h-aoighean air am biadh a ghabhail ann an seòmar-ithe tarraingeach, le teine lasrach ga theasachadh. Bha bòrd de dh'fhiodh daraich ann agus dreasair ri taobh a' bhalla. Bha iomadh nì rim faicinn air an dreasair, caman goilf beag airgid nam measg a bha cho neònach 's gun do ghlac e aire Dhùghaill nuair a laigh a shùil air. Bha ballachan an t-seòmair sgeadaichte le iomadh dealbh agus teisteanas ann an cèisean maiseach.

Thug Sandaidh Wood cuireadh do na h-aoighean an cathraichean a shuidheachadh timcheall air an teine agus chuir e dà choinnlear mhòr air a bhreus.

Chaidh na glainneachan ath-lìonadh le clàireat. Thug Seumas Small tombaca à spliùchan agus thòisich e air a roiligeadh eadar òrdag agus a chorragan mus do chuir e na phìob e.

Mhol Alasdair Small fear an taighe airson a' chlàireit air leth aige agus thairg e am bogsa-snaoisein aige dha. An uair sin, shìn e an snaoisean do Dhùghall, ach rinn esan comharradh ris gu modhail nach robh e airson a ghabhail.

'Uill, a Mhgr Bhochanain,' arsa Sandaidh Wood, 'tha ur n-ainm a' fàs cliùiteach anns a' bhaile. Bha fadachd orm gus an toirinn cuireadh gu dìnneir dhuibh. Ach, anns a' chiad dol-a-mach, bhiodh ùidh agam ur beachdan a chluinntinn mu na chunnaic sibh anns an Taigh-eiridinn an-dè.'

'Tapadh leibhse, a Mhaighstir,' fhreagair Dùghall. 'Bha e na urram dhomh a bhith an làthair agus tha mi fada nur comain airson ur coibhneis.'

'Agus, dè a smaoinich sibh mun opairèisean, a charaid?'

'Is math a rinn sibh dha-rìribh, a Mhaighstir. Mo bheannachd oirbh airson ur sgilean, agus giùlan ur luchd-taice. Tha mi a' smaoineachadh, ge-tà, gur e an truas a nochd sibh don euslainteach a mhaireas beò nam inntinn. Tha mi cinnteach gun tug na faclan a chagair sibh na chluais misneachd dha ron chruaidh-dheuchainn aige.'

'À! Thug sibh an aire dha sin, an tug? Ach, 's i an fhìrinn gum feuch mi ri fois-inntinn a thoirt do na h-euslaintich gach turas mus tòisich mi air opairèisean.'

Ghnog Alasdair Small a cheann ann an aonta leis an lannsair eile.

Lean Sandaidh Wood air adhart. 'Bhiodh e furasta a' mhearachd a dhèanamh agus smaoineachadh gur e creutairean mì-chneasta cruaidh-chridheach a th' ann an lannsairean. Ach 's e truas ri fulangas nan euslainteach a bhios gar brosnachadh. Mar a thuirt mi an-dè, tha am fear òg ud air a bhith a' fuireach anns an ospadal fad còrr is fichead latha. Thar nan seachdainean seo tha e air earbsa a chur annam agus tha mi air eòlas fhaighinn airsan. Tha an càirdeas sin cudromach, nam fhiosrachadh fhèin, chan ann a-mhàin air latha an opairèisein ach air na làithean a leanas fhad 's a bhios an t-euslainteach a' fàs nas fheàrr. Is tric a bhios iad air an lìonadh le airtneal an dèidh obair-lannsa. Mar sin, bidh mi a' cumail taic ris an duine òg anns na làithean a tha romhainn. Tha mi toilichte a ràdh, ge-tà, gu bheil e a' dèanamh adhartas math gu ruige seo. Tha mi an dùil gun tèid gu math leis aig deireadh an latha.

'Ach, chuala mi gu bheil sibh air a bhith a' frithealadh òraidean an Oll Rothaich air Eòlas-bodhaige. An innis sibh dhomh an robh e inntinneach dhuibh a bhith a' faicinn an eòlais sin ga chur gu feum?'

'Bha, gu dearbh,' fhreagair Dùghall. 'Ach feumaidh mi aideachadh nach d' fhuair mi ach plathadh den opairèisean. A dh'aindeoin sin, dh'aithnich mi an teòmachd agaibh fhèin.'

'Teòmachd nach biodh agam,' thuirt Sandaidh Wood, 'ach le bhith a' mion-sgrùdadh ceumannan an opairèisein iomadach uair ann an seòmraichean-gearraidh an Oll Rothaich, dh'fheumainn a ràdh.'

Cha bu luaithe a chuala e na faclan seo na nochd fiamh mòrchuiseach air aodann Mhgr Small. 'Mar sin,' ars esan, 'chan eil lannsairean nan daoine cho sìmplidh idir. Bha sibh a' tarraing às na h-oileanaich an-dè, nam bheachd-sa.'

'Tha cuimhne mhath agaibh, a Mhaighstir,' fhreagair Sandaidh Wood le gàire. 'Sin fear de na seanfhaclan as fheàrr leam. Cha chreid mi nach eil gràinne na fìrinne ann, ach bha mi a' dèanamh coimeas eadar lannsairean agus lèighean mar a thuigeadh sibh. Ann am baile Dhùn Èideann, bidh na lannsairean agus na lèighean ag obair còmhla ri chèile gu dòigheil ach 's ann a bhios an eirmse agam na buannachd dhaibh, san aon dòigh 's a bhiodh snàmh ann an uisgeachan fuara Linne Foirthe!'

'Snàmh! Uisgeachan fuara! An dearbh rud. Ha!' arsa Mgr Small, agus e air a dhòigh le freagairt Shandaidh Wood. Ach cha robh a bhràthair Seumas a' coimhead cofhurtail idir. Rinn e deothail air a phìob gu faramach.

'An e sin a' chiad uair a bha sibh anns an Taigh-eiridinn Rìoghail, a Mhgr Bhochanain?' dh'fhaighnich Alasdair Small.

''S e. 'S e togalach drùidhteach a th' ann. Tha Comhairle Dhùn Èideann rim moladh air a shon. Leis na chunnaic mi an-dè anns an t-seòmar-opairèisein, feumaidh e a bhith gu bheil an Taigh-eiridinn agus an Sgoil Mheidigeach a' tarraing oileanach bho air feadh an t-saoghail.'

'Tha sin fìor,' arsa Sandaidh Wood. 'Cha bhithinn a' cur ris an fhìrinn nan canainn gur i Sgoil Mheidigeach Dhùn Èideann an tè as ainmeile anns an Roinn Eòrpa. Agus tha grunn oileanach againn às na tìrean-imrich Ameireaganach.'

'Tha Lunnainn a' cur thairis le lighichean Albannach,' thuirt Alasdair Small. Bha àirde a ghutha a' nochdadh gun robh a' chòigeamh glainne de chlàireat a' còrdadh ris gu mòr. 'Cha ruig mi leas a ràdh nach eil lighichean Lunnainn fhèin air an dòigh leis an t-suidheachadh. A bharrachd air ionnsaigh nan lighichean, tha na h-Albannaich a' lìonadh taighean nan clò-bhualadairean, dìreach mar a bha an trustar sin, Smellie, a' cur nar cuimhne anns a' mhadainn an-diugh.'

Rinn Sandaidh Wood lasgan mòr gàire. 'An do thachair Uilleam Smellie òg ribh an-diugh?' dh'fhaighnich e. 'Bha fios agam gun do thadhail sibh air Balfour, Auld agus Smellie, ach cha chuala mi gun do choinnich sibh ri fear de rionnagan ùra a' bhaile.'

'Rionnag, an e?' fhreagair Alasdair Small, le diomb. 'Cha do chòrd a ghiùlan rium idir. Agus, a rèir na chuala mi bhuaithe, 's e poblachdach de sheòrsa air choreigin a th' anns an duine ghràineil sin.'

Bha Sandaidh Wood na lùban le mire. Bha drèin air aodann Alasdair Small, ge-tà, agus shocraich fear an taighe e fhèin mus do lean e air adhart.

'A charaid, tha mi duilich gun do chuir Mgr Smellie fearg oirbh. Ach na bithibh ro chruaidh air an duine òg. Chan eil e ach seachd bliadhn' air fhichead a dh'aois agus, mar sin, bu chòir dhuinn a bhith ga ghiùlan gu foighidneach. 'S e duine air leth tàlantach a th' ann, gu sònraichte mar sgoilear Laidinn, ach tha làrach buaidh athar air fhathast. 'S e *Cameronian* a th' annsan, an t-iarmad sin as eudmhoire de na Cùmhnantaich. Ri ùine, 's dòcha gum fàs beachdan Uilleim nas riaghailtiche.

'Cha chreid mi nach robh e an dòchas air dreuchd an lighiche. Chan eil teagamh sam bith agam nach dèanadh e a' chùis nam biodh taic airgid gu leòr aige. Tha e air leth deas tuigseach. Agus bidh e na chlò-bhualadair ainmeil, tha mi cinnteach. An-dràsta tha e ag iarraidh fho-sgrìobhaidhean airson an leabhair ùir a tha e a' deasachadh – 's e an *Encyclopaedia Britannica* an t-ainm a bhios air. Bidh fiosrachadh de gach seòrsa air a thasgadh ann.'

'Chì sinn gu dè a thig bhon iomairt sin,' thuirt Alasdair Small, 'ach, anns an eadar-àm, b' fheàirrde e gun a bhith a' cur a bheachdan mì-chiatach an cèill. Mas e sgoilear clasaigeach a th' ann, bu chòir cuimhne a bhith aige air na thachair do dh'Icarus nuair a chaidh e air iteig ro fhaisg air a' ghrèin.'

Rinn Sandaidh Wood gàire bheag agus ghnog e a cheann.

Aig a' mhòmaid seo, chuir Seumas Small ris a' chòmhradh. 'Bha mi cho beò-ghlacte le obair nan clò-shuidhichean 's nach do mhothaich mi don chonnspaid eadar mo bhràthair agus Mgr Smellie. Chuir i stad air ar turas gu h-obann. Cha robh cothrom againn sgrùdadh a dhèanamh air ur n-obair fhèin, a Mhgr Bhochanain.'

'Tha an obair gu bhith deiseil, Ensign. Tha e air a bhith na urram dhomh taic a thoirt don Urr Stiùbhart à Cill Fhinn agus an t-eadar-theangachadh ùr a stiùireadh tron chlò.'

'Ach is cinnteach gu bheil sibh nur tuilleadh 's fear-taice dha. Nach e sgoilear Greugais a th' annaibh fhèin?' dh'fhaighnich Seumas Small.

'Tha sin fìor, Ensign. Dh'ionnsaich mi na seann chànanan ann an Oilthigh Ghlaschu agus tha am foghlam sin air a bhith glè fheumail dhomh. Ach tha òirdheirceas sgoilearachd an Urr Stiùbhairt aithnichte air feadh na dùthcha. Tha mi toilichte ùmhlachd a thoirt dha.'

'Tha e math a chluinntinn gum bi sibh a' cur crìoch air an obair a dh'aithghearr,' arsa Seumas Small gu geur. 'Tha mòran den bheachd gur ann an Raineach a tha am prìomh dhleastanas agaibh.'

'Saoil, a Mhgr Bhochanain,' chuir Alasdair Small a-steach, 'am bi fèill mhòr air an Tiomnadh Nuadh Èireannach, gabhaibh mo leisgeul, air an Tiomnadh Nuadh Ghàidhlig? Nach deach an cànan a chur an dàrna taobh le daoine sìobhalta?'

'Gabhaibh mo leisgeul, ach chan eil mi a' dol leibh,' fhreagair Dùghall. 'Agus cha rachadh an SSPCK leibh na bu mhotha. Is iadsan a bhios a' toirt taic airgid don iomairt. Tha iomadh duine a' fuireach ann an Siorrachd Pheairt, an dùthaich agam fhìn, nach eil fileanta anns a' Bheurla. 'S dòcha gum faodadh facal no dhà a bhith aca air an teanga ach cha bhiodh comas leughaidh aca idir. Tha an anman ann an cunnart air sgàth aineolais air na Sgriobtairean – chan eil iad rim faighinn nan cainnt mhàthaireil.'

'Agus, innsibh dhomh, nach eil na daoine sin nan Seumasaich fhathast?'

'Ma dh'fhaodte, bhiodh feadhainn ann den bheachd sin. Ach, nam bitheadh, bhiodh am feum ceudna aca air foghlam anns a' chreideamh Chrìosdail.'

'Tha sibh fialaidh dha-rìribh. Cha rachainn nur n-aghaidh anns a' chùis.'

Chuir an t-Ensign Small lasadan ri a phìob. Bha e air a bhith ag èisteachd gu dlùth ris a' chòmhradh seo.

'Co-dhiù,' lean Alasdair Small air adhart, 'b' fheàrr leam smaoineachadh orra ag ionnsachadh faclan an Tiomnaidh Nuaidh ri tac an teine seach a bhith ag aithris na bàrdachd ròlaistich a nochd o chionn ghoirid. Tha mi a' toirt iomradh, mar a thuigeadh sibh, air cruinneachadh Mhic a' Phearsain – bàrdachd aosta na h-Alba, ma b' fhìor, obair Oisein, am bàrd. A rèir coltais, tha na rannan seo cho sean ri Metùselah ach bha iad air an cumail beò le beul-aithris agus eudan cuimhne nan Gàidheal. Sin an sgeul, nam biodhte ga chreidsinn.'

Is gann gun robh comas aig Alasdair Small a phròis fhalach leis na thaisbean e de dh'eòlas air a' chuspair chonnspaideach seo.

''S e duine onarach a th' ann am Mgr Mac a' Phearsain, nam bheachd-sa co-dhiù,' fhreagair Dùghall. 'Chan eil a' bhàrdachd

Oiseanach air an aon ràmh ris a' chreideamh Chrìosdail idir ach, a dh'aindeoin sin, bidh mi a' faighinn mòrachd agus ceòl innte. Tha spèis agam don fhear-tionail airson na h-obrach ionmholta a rinn e.'

Thàinig e a-steach air Sandaidh Wood gum bu chòir dha an còmhradh a stiùireadh gu uisgeachan na bu chiùine.

'Am bu toil leibh tuilleadh fìona, a chàirdean?' thuirt e, le fiamh a' ghàire. Mus robh cothrom aig na h-aoighean a' cheist a fhreagairt, sheas e agus lìon e na glainneachan le clàireat. 'Innsibh dhuinn, mas e ur toil e, a Mhgr Small, beagan mu dheidhinn ur caraid, Benjamin Franklin. Thug e tlachd mhòr dhomh nuair a choinnich e rium ann am baile Dhùn Èideann ann an 1759. An cuala sibh bhuaithe o chionn ghoirid?'

'Chuala, gu dearbh. Tha e a' fuireach ann an Lunnainn an-dràsta, a' seasamh còraichean muinntir Pennsylvania. Tha mi toilichte a ràdh gum bi sinn a' gabhail biadh còmhla ri chèile gach mìos, cha mhòr. 'S e duine air leth a th' ann. Coltach ri ar caraid òg, Uilleam Smellie, thòisich e a dhreuchd mar chlò-bhualadair. An-diugh, bidh a' chuid as motha ga aithneachadh mar fhear-saidheans agus neach-poilitigs. Chanainn-sa gun cosnadh e cliù ann an rud sam bith a ghlacadh inntinn. 'S e duine an linn ùir seo a th' ann, le aigne fhosgailte reusanta nach gabh ri beachd-smaoin sam bith gun a bhith ga dearbhadh.

'O chionn beagan bhliadhnaichean, mar eisimpleir, dh'fhoillsich e fiosrachadh mu bhuannachdan an opairèisein *inoculation* ann a bhith a' dìon an t-sluaigh on a' bhric ann an Sasainn Nuaidh. Mas math mo chuimhne, cha do chaochail ach dithis à trì fichead duine 's a deich a fhuair an *inoculation* an coimeas ris an t-suidheachadh àbhaisteach, nuair a bhiodh còig air fhichead às a' cheud a' faighinn bàs leis a' ghalar oillteil sin.

Thionndaidh Alasdair Small gu Dùghall. 'Tha mi duilich, a Mhgr Bhochanain. 'S dòcha gu bheil mi a' cleachdadh facal air nach eil sibh eòlach. 'S e opairèisean glè bheag a th' ann an *inoculation*. Bithear a' toirt stuth à balg no sgreab air duine a bhios a' fàs nas fheàrr an dèidh na brice agus ga chur ann an gearraidhean beaga air craiceann pàiste air nach robh a' bhreac a-riamh. Bidh sibh den bheachd gur e gnìomh oillteil gràineil a th' ann. A dh'aindeoin sin, tha coltas air gum bi e a' dìon a' phàiste. 'S dòcha gum biodh fiabhras air fad latha no dhà ach, nan tigeadh a' bhreac don choimhearsnachd an dèidh làimhe, cha bhiodh am pàiste ga gabhail.'

'Tha ùidh aig na lighichean ann an Sasainn ann an *inoculation*, cuideachd,' thuirt Sandaidh Wood. 'Ach chan eil iad buileach cinnteach ma dheidhinn. Tha cunnart ann: cunnart beag gum faigheadh na pàistean bàs le *inoculation* ach, a bharrachd air sin, dh'fhaodadh iad an galar aig àird a neirt a sgaoileadh gu duine sam bith a bhiodh a' toirt cùram dhaibh. Chuala mi gun do chaill neach-cùraim no dhà am beatha mar-thà.'

'Tha sibh ceart,' ars Alasdair Small. 'Ach 's e toiseach tòiseachaidh a th' ann, ged nach eil càil a dh'fhios againn ciamar a bhios e ag obrachadh. Bidh iomairtean ùra ri thighinn an aghaidh na brice, tha mi cinnteach. Nì Benjamin Franklin cinnteach às a sin. Dh'fhuiling e briseadh-cridhe nuair a chaochail a mhac fhèin, Frangan, leis a' bhric agus gun e ach ceithir bliadhna a dh'aois.

'Co-dhiù, thug Dùn Èideann buaidh mhòr air agus cha b' fhada gus an do chuir e a' bhuaidh sin gu feum. Chuir e a làmh gu leasachadh Taigh-eiridinn Pennsylvania agus stèidhich e sgoil lèighe ann an Philadelphia, a' chiad sgoil mheidigeach anns na tìrean-imrich.'

'Tha cuimhne agam gun robh e air a dhòigh leis an Taigh-eiridinn,' arsa Sandaidh Wood. 'Chòrd an solas agus an t-àile glan ris.'

'Cha b' iongnadh sin,' thuirt Alasdair Small. 'Dh'iarr e mo chomhairle-sa air an dearbh chuspair. Mar a dh'innis mi do na h-oileanaich an-dè, tha mi deimhinnte às a seo: bidh àile tais salach cunnartach do na h-euslaintich an dèidh opairèisein sam bith.

Chunnaic mi droch bhuaidh air saighdearan leònte mar thoradh air an aon rud uair is uair.'

'Tha cuimhne agam,' lean Sandaidh Wood air adhart, 'gun do choinnich Benjamin Franklin ris na daoine a b' iomraitiche am measg uaisleachd Dhùn Èideann nuair a bha e an seo. Bha iad den bheachd gun robh e na dhuine air leth comasach tàlantach. Cha chreid mi nach robh e a' fuireach airson greis aig taigh ar feallsanaiche ainmeil, Dàibhidh Hume.

Thionndaidh Sandaidh Wood a bhruidhinn ri Dùghall.

'Fhad 's a tha sinn a' dèanamh iomradh air Dàibhidh Hume, a Mhgr Bhochanain, chuala mi gun robh deasbad ann eadar sibh fhèin agus am feallsanaiche agus, mar a chanadh muinntir na Gàidhealtachd, thachair sruth ri steall.'

'Tha sibh a' toirt urram dhomh air nach eil mi airidh,' fhreagair Dùghall. 'Bha mi an làthair, turas, nuair a bha e a' bruidhinn air òirdheirceas sgrìobhaidhean Shakespeare. Rinn mise luaidh air earrainn ann an Taisbeanadh Eòin mar phìos sgrìobhaidh na b' àirde agus na bu bhrèagha na obair an duine uasail sin. Bha Mgr Hume cho còir 's gun do dh'aontaich e leam.'

'Agus am faodadh e a bhith gum b' e sin a' chiad cheum air an rathad gu càirdeas eadaraibh?' dh'fhaighnich Sandaidh Wood le fiamh a' ghàire air aodann.

'Chan fhaodadh, tha mi duilich a ràdh. Aithnichidh mi Dàibhidh Hume mar dhuine comasach ach cha ghabh e ris a' chreideamh Chrìosdail idir. Cha ruig mi leas a ràdh nach eil sùim sam bith agam ann am feallsanachd nach toir urram agus glòir don Chruthaidhear.'

Bha sùilean Alasdair Small dùinte agus bha coltas air gun robh e a' gabhail norrag. Thòisich a bhràthair Seumas air a phìob ath-lasadh. Mothachail don ghluasad seo, thàinig e a-steach air Sandaidh Wood gun robh an t-Ensign air a bhith na thost airson greis. Mar fhear an taighe còir tuigseach, tharraing e Seumas Small a-steach don chòmhradh.

'Chan eil Mgr Bochanan na aonar ann a bhith a' toirt cobhair do mhuinntir Raineach, Ensign. Ciamar a tha an obair agaibh fhèin a' dol air adhart? Cha chreid mi nach eil piseach air tighinn air a' choimhearsnachd thar nam bliadhnaichean on a thòisich sibh mar bhàillidh.'

Ghlan Seumas Small a chliabh agus shuidh e dìreach anns a' chathair aige. 'Tha sinn a' dol air aghaidh, a Mhaighstir, ach tha mòran ri dhèanamh. Tha cruaidh-fheum air taigheadas math agus obair tharbhaich. 'S dòcha gum biodh Maighstir-sgoile Bochanan ag aontachadh leam gur e dùbhlan mòr a th' ann a bhith a' cuideachadh muinntir na sgìre agus iad cleachdte ri leisg agus eucoir.'

'Ach tha am baile beag ùr Ceann Loch Raineach deiseil, tha mi a' creidsinn,' thuirt Sandaidh Wood. 'Agus is sibh fhèin a tha ri ur moladh airson na h-obrach sgoinneil sin.'

'Tha sin fìor, gu ìre. Bu mhise an stiùiriche os cionn na h-iomairte. 'S e baile beag brèagha a th' ann a-nis. Am biodh sibh a' dol leam, a Mhaighstir-sgoile?'

'Tha mi a' dol leibh, gu dearbh, Ensign,' fhreagair Dùghall. 'Tha mo theaghlach fhìn a' fuireach ann an taigh cofhurtail ùr. Tha sinn fada nur comain.'

'Bidh mi a' dèanamh nas urrainn dhomh fo ùghdarras Coimiseanairean nan Oighreachdan Dì-chòirichte. Ach, mar a bha mi ag ràdh, tha mòran ri dhèanamh. Mar eisimpleir, tha na Coimiseanairean a' beachdachadh air taic airgid a thoirt gus rathad a thogail gu Ceann Loch Raineach on àird an ear. Tha cruaidh-fheum againn air a' ghoireas sin ach cosgaidh e airgead mòr.'

'Gun tèid gu math leibh anns a' ghnothach,' thuirt Sandaidh Wood. ''S i obair chudromach anns a bheil sibh an sàs. Ach feumaidh mi bhith faiceallach air na chanas mi. Tha mi eòlach air a' mhòr-chuid de na daoine air Bòrd nan Oighreachdan Dì-chòirichte.'

Bha Sandaidh Wood na thost airson greiseig agus e

a' meòrachadh air na chanadh e. Bha Dùghall agus an t-Ensign Small a' sealltainn air gun fhacal a ràdh.

"S dòcha nach eil e fo rùn. Mar a dh'fhaodas fios a bhith agaibh, tha connspaid ann a thaobh ciamar a bu chòir do na Coimiseanairean a bhith a' giollachd nan Oighreachdan Dìchòirichte. 'S e claidheamh dà-fhaobhar a th' ann an leasachadh na Gàidhealtachd. Sin cnag na cùise.

'Air an dàrna làimh, thathar a' gabhail ris gur e daoine dìblidh, gun chothrom, gun dòchas a th' anns na Gàidheil anns a' mhòr-chuid. Bu chòir dhuinn a bhith gan cuideachadh agus gan toirt a-steach don chultar Ghallta againn. Ach, air an làimh eile, tha na coimhearsnachdan Gàidhealach mar a tha iad, bochd agus fo chruaidh-chàs, nan stòras de luchd-sabaid treun làidir a bhios deiseil agus deònach còraichean ar rìgh agus ar dùthcha a sheasamh aig an taigh agus air feadh an t-saoghail.

'Mar chùl-bhrat don deasbad seo, tha fios aig na Coimiseanairean nach eil a' Ghàidhealtachd air fad air tighinn fo riaghailt a' Chrùin on a chaidh cur às do Strì nan Seumasach ann an 1746. Tha dìdeanan agus daingnichean innte do dhaoine buaireasach de gach gnè: Seumasaich, Easbaigich, Pàpanaich, murtairean agus mèirlich – ann am beagan fhacal, luchd fon choill. Feumar smachd a chumail orra.'

Dh'fhan Dùghall agus an t-Ensign Small mar a bha iad, fiamh smaointeachail air an aodann. A rèir coltais, bha Alasdair Small a' gabhail norrag fhathast ro bhlàths an teine.

'Tha mi an dòchas, a dhaoin' uaisle, nach do chuir mi an t-uabhas oirbh leis an fhiosrachadh seo. 'S e daoine ciallach caomha a tha a' cur nam beachdan seo air adhart. Aithnichidh iad fearalachd nan Gàidheal an coimeas ris na Goill a tha air fàs reamhar lag mar thoradh air an dòighean-beatha sòghail. Tha am fear còir fialaidh, an t-Urr Iain Walker, air sgrìobhadh air luach an 'àiteachais-spaid', mar a th' aige air. 'S i a' chas-chrom a mholas e, an t-inneal seann-fhasanta sin airson talamh bochd a ruamhar, seach an crann-treabhaidh

Gallta. Ach, cha bhiodh e na iongnadh dhuibh gu bheil feadhainn neo-charthannach ann cuideachd, feadhainn nach bi a' sireadh ach saighdearan calma fiadhaich ann an sreath-aghaidh a' bhlàir.'

B' e Seumas Small a bhris an t-sàmhchair a lean. 'A' cumail nan Gàidheal caol agus acrach. Uill, mar as math a tha fios agam, chan eil bacadh den t-seòrsa sin air na leasachaidhean ann an Raineach ged a tha duilgheadasan ann, gu dearbh, ann a bhith a' faighinn airgead bho na Coimiseanairean. A thaobh shaighdearan, tha sinn air seann saighdearan a shuidheachadh anns an sgìre mar *King's Cottagers*: daoine a thug seirbheis ann an Cogadh nan Seachd Bliadhna, mar eisimpleir, agus a fhuair sealbh air croit mar dhìoladh on Rìgh. 'S e daoine aig a bheil ceàird shònraichte a th' annta anns a' mhòr-chuid agus tha iad a' cur nan sgilean sin gu feum anns a' choimhearsnachd againn. Ach, na Gàidheil ann an Raineach – cha chanainn gum biodh mòran dhiubh deònach Airgead an Rìgh a ghabhail idir. Ò, 's e daoine treuna calma a th' annta agus bhiodh iad nan saighdearan matha ach chan eil blàths aca idir a dh'ionnsaigh nan *Hanoverians*. Tha cuimhne shoilleir aca fhathast air Ar-a-mach nan Seumasach.'

'A bheil beachd agaibh fhèin air a' ghnothach, a Mhgr Bhochanain?' dh'fhaighnich Sandaidh Wood.

'Tha mi eòlach air cuid de sgrìobhaidhean an Urr Walker,' fhreagair Dùghall, 'ach, dh'aontaichinn leis an Ensign nach togadh na *Hanoverians* mòran shaighdearan ùra ann an Raineach.'

Aig an dearbh mhòmaid rinn pìos fiodha brag anns an àite-teine agus dhùisg Alasdair Small le clisgeadh. Bha an clàireat air a bhith ag obair air agus, fhad 's a bha e a' tighinn thuige fhèin, bha e gu math socair.

'Uill, a dhaoin' uaisle,' arsa Sandaidh Wood, ''s dòcha gum bu chòir dhuinn crìoch a chur air ar còmhradh. Chòrd e rium gu mòr, ach feumaidh mi dol don ospadal a choimhead air an duine òg a chunnaic sibh an-dè. Agus, bu chòir dhuibhse a bhith a' falbh, ged nach tilgear an t-òtrachas a-mach ro dheich uairean. Tha uair a thìde agaibh fhathast roimhe sin. Is lugha orm gu bheil sràidean a' bhaile cho salach breun, ach tha mi an dùil agus an dòchas gum bi cùisean ag atharrachadh ann an ùine nach bi fada. Co-dhiù, tha mi air a chur romham taigh a cheannach anns a' Bhaile Ùr cho luath 's a ghabhas. Bidh e mòran nas fheàrr do mo theaghlach.'

Bha coltas air Alasdair Small gun robh e a' dol a chadal a-rithist ach sheas a bhràthair agus dh'iarr e cead a dhol don chlòsaid. Nuair a dh'fhàg e an seòmar sheas Dùghall agus Sandaidh Wood air beulaibh an teine.

'Am bu toil leibh coimhead air na dealbhan a tha a' sgeadachadh an t-seòmair?' dh'fhaighnich Sandaidh Wood de Dhùghall.

'Bu toil, gu dearbh,' fhreagair Dùghall. "S e seòmar eireachdail a th' ann. Thug mi an aire don dreasair na bu tràithe. An e caman goilf beag bìodach a chithear air?'

'Sin e dìreach,' fhreagair Sandaidh Wood. 'Cuiridh mi m' earbsa anns an t-seanfhacal Laidinn, *'mens sana in corpore sano'*, inntinn shlàn ann am bodhaig shlàin. Agus 's toil leam spòrs gu mòr. Dè a bhiodh na bu tlachdmhoire na bhith a' gabhail cuairt timcheall air raon-goilf le càirdean aighearach. Gu sònraichte nam buannaichinn an fharpais! Ach chaidh an caman goilf seo a thoirt dhomh mar chomharradh air an obair a rinn mi a' leasachadh an raoin-goilf ann am Musselburgh. Tha mi an dòchas gun toir muinntir Dhùn Èideann an taic don iomairt ùir a tha mi airson cur romhpa – club lùth-chleasachd a bhrosnaicheas goilf, bòbhladh agus snàmh.'

Bha barrachd fianais air sgilean goilf Shandaidh Wood ri fhaicinn air ballaichean an t-seòmair: teisteanasan agus duaisean air an crochadh ri taobh dhealbhan-èibhinn meidigeach a thug gàire air Dùghall. Laigh a shùil air dealbh ann an cèis mhòir anns an robh Sandaidh Wood fhèin a' coiseachd air cabhsair le maide neònach na làimh dheis agus le caora air taod air a chùlaibh.

'À! Tha sibh a' coimhead air an dealbh as ùir' anns

a' chruinneachadh,' thuirt Sandaidh Wood le moit. 'Chaidh a thoirt dhomh le euslainteach o chionn beagan mhìosan. Sin agaibh mi fhìn agus Willy, am peata agam, a' gabhail sgrìob. Gu h-àbhaisteach, bidh e ag ionaltradh air feur na pàirce bige ri taobh Oifis na Cìse. Ach, uaireannan, bidh e a' còrdadh ris a bhith a' tighinn còmhla rium nuair a bhios mi a' tadhal air na h-euslaintich nan taighean fhèin. Bidh na h-euslaintich a' gabhail ris gu toilichte. Tha fios aca gu bheil mi teò-chridheach a thaobh ainmhidhean de gach seòrsa. Bidh sibh gam mheasadh caran annasach, saoilidh mi.'

''S e buadh ionmholta a th' ann,' fhreagair Dùghall, 'a bhith coibhneil ris na beathaichean. Ach, an innis sibh dhomh, dè an t-ainm a th' air an inneal sin nur làimh dheis?'

''S e sgàilean a th' aca air, inneal ùr a bhios na Frangaich a' cleachdadh gus an cumail fhèin tioram air latha fliuch. Ach, dh'fheumadh tu a bhith faiceallach ann an Dùn Èideann leis a' ghaoith on àird an ear. Ach 's toil leam a bhith a' coiseachd air a' bhlàr a-muigh agus cha bhi mi a' cleachdadh carbad-eich ach ann an èiginn.'

Chaidh stad a chur air a' chòmhradh nuair a thill Seumas Small don t-seòmar. Bha a bhràthair air tighinn thuige fhèin agus dh'èirich e air a chasan. Fhad 's a bha na fir a' coiseachd tron trannsa, thòisich e air bruidhinn ann an guth àrd.

'Clach-aotramain! Galar uabhasach. Tha sinn fada an comain Mhgr Cheselden nach maireann, lannsair cliùiteach Sasannach. Bha buaidh mhòr aige air obair-lannsa, agus tha fhathast.'

'Gu dearbh,' fhreagair Sandaidh Wood. 'Dh'ionnsaich an t-Àrd-oll Rothach againn fhìn a sgilean ann an sgoil Cheselden agus tha gach lannsair ann an Dùn Èideann eòlach air na h-innealan aige.'

'Chuala mi, uair,' lean Alasdair Small air adhart, 'gun cumadh fear de thidsearan Cheselden clach-aotramain am falach shuas muinichill a' chòta aige nuair a bha e ri obair-lannsa. Fiù 's ged a bhiodh an opairèisean gun tairbhe, air sgàth sileadh fala, mar eisimpleir, bhiodh clach aige na làimh a shealladh e don luchd-coimhid aig deireadh a' ghnothaich! Ach tha sinn beò ann an saoghal ùr an-diugh. Mhothaich mi do na muinichillean agaibh fhèin, a charaid, agus bha iad air an trusadh fad na h-ùine.'

''S i an fhìrinn a th' agaibh an sin, a Mhgr Small,' fhreagair Sandaidh Wood, agus coltas air gun robh e air a thàmailteachadh le sgeulachd an lannsair a bu shine. 'Ach, a dhaoin' uaisle, am faod mi ur còtaichean a thoirt dhuibh. B' fheàrr leam gun ruigeadh sibh ur loidsidhean ro uair tilgeil a-mach an òtrachais. Turas math sàbhailte dhuibh agus oidhche mhath leibh.'

Chaidh Dùghall còmhla ris na bràithrean Small gu taigh-òsta Sheumais Boyd air Caigeann Naomh Moire ged nach ann air an t-slighe aige fhèin a bha e. Bha na sràidean sleamhainn agus bha gaoth làidir ann. Aig doras an taigh-òsta bheannaich e an oidhche don dithis eile agus lean e air suas an t-Sràid Àrd. Bha an oidhche air còrdadh ris agus bhiodh sgeul no dhà aige ri aithris anns na làithean ri teachd.

CAIBIDEIL A CÒIG

Coinneachadh ann an Gleann Amain, Toiseach a' Ghiblein 1767

BHEIREADH DÙGHALL CEITHIR latha a' coiseachd bho Dhùn Èideann gu Ceann Loch Raineach. Dh'innis e dhomh grunn thursan gun robh an t-slighe na bu ghiorra nuair a bha e a' tilleadh dhachaigh. Bha mi toilichte a chreidsinn gun robh an rathad a' fàs na bu shàbhailte mar a chaidh na bliadhnaichean seachad.

Fiù 's ann an làithean goirid an earraich, bhiodh Dùghall a' coiseachd còrr is fichead mìle anns an latha mus stadadh e gus an oidhche a chur seachad ann an taigh-seinnse no *kingshouse*. Thar nam bliadhnaichean, thàinig na h-òstairean gu bhith ga aithneachadh agus bhiodh fàilte chridheil roimhe.

Bha an rathad trang eadar Dùn Èideann agus Sruighlea, agus uachdar an rathaid corrach leis na bhiodh ann de charbadan agus de chairtean ga chur gu feum. Tuath air Sruighlea, bhiodh Dùghall a' siubhal air an rathad a thog saighdearan an t-Seanailear Wade. Bha e na phàirt de lìon-rathaidean armailteach a' dol a dh'Inbhir Nis anns an àird a tuath agus don Ghearastan anns an àird an iar.

B' ann soilleir fuar a bha a' mhadainn nuair a dh'fhàg e Craoibh air a chùlaibh air an t-slighe gu tuath. Cho luath 's a chaidh e a-steach do Ghleann Amain, thàinig atharrachadh mòr air a' chruth-tìre. An àite nan rèidhlean agus nam bailtean-fearainn, bha an rathad air a chuairteachadh le slèibhtean casa agus beanntan àrda, an dealbh-tìre air an robh Dùghall cho measail.

Cha b' fhada gus an robh e a' coiseachd suas an gleann, an iar air Abhainn Amain. Ma choinneimh bha bearraidhean an Dùin Mhòir air an còmhdachadh le sneachda anns an dubhar fo sgàil a' mhullaich àird. Cha robh sgeul air duine beò, ged a bha crodh dubh ag ionaltradh air bruach na h-aibhne. B' e àite sìtheil a bha ann an Gleann Amain cho tràth air a' mhadainn ud. Cha robh comharradh ri fhaicinn gun do ghabh am Prionnsa Teàrlach agus a luchd-taice an aon slighe o chionn fichead bliadhna a dh'ionnsaigh call agus briseadh-cridhe Blàr Chùil Lodair.

Thog Dùghall air don chlachan ris an canadh iad am Baile Ùr far an robh fianais ann gun robh obair an latha air tòiseachadh. Chuala e clann ag èigheach agus a' gàireachdainn agus comhartaich nan con. Cha tug duine sam bith an aire dha, ge-tà, nuair a chaidh e tarsainn air an abhainn agus suas am bruthach gu tuath.

Bha turas tlachdmhor roimhe, thar nam beann a dh'Àth Maol Ruibhe. Bha liath-reothadh ann an siud 's an seo ach cha robh an rathad sleamhainn idir. Bha e a' dèanamh astar math, mar a bu ghnàth leis. Cha robh companach air a bhith aige gu ruige seo. Leis an fhìrinn innse, b' fheàrr leis a bhith a' coiseachd na aonar gun duine a bhith a' cur bacadh air. Bha e airson a bhith air ais ann an Raineach cho luath 's a ghabhadh.

Mar sin dheth, chuir e iongnadh air Dùghall nuair a chuala e ceumannan air a chùlaibh agus iad a' dlùthachadh ris. Cha robh mòran dhaoine ann a bheireadh air nuair a bha e a' coiseachd. Choimhead e thar a ghualainn. Cha robh a chluasan ga mhealladh. Chunnaic e fear, mu thrì fichead bliadhna a dh'aois, a' tighinn a-nìos cliathaich na beinne agus e a' gluasad cho luath ris a' ghaoith. Bha e meadhanach àrd agus seang sùbailte na bhodhaig. Ged a bha bonaid air a cheann, bha dualan liatha rim faicinn air a' mhala os cionn aodainn phreasaich ruitich. Bha fàs feusag na h-oidhche air a smiogaid agus bha a chòta agus a bhriogais piullach. Bha màileid mhòr leathair air a dhruim.

Sheas Dùghall a' coimhead air an duine gus an tàinig e a-nìos thuige. B' e am fear liath a bhruidhinn an toiseach. '*Good morning to you*,' thuirt e gu goirid, agus e a' coimhead air Dùghall gu geurchuiseach. Bha e follaiseach gun robh e a' sgrùdadh a ghnùis agus a thrusgan.

Bha blas Gàidhealach air cainnt an duine, gun teagamh. Mar sin, fhreagair Dùghall anns a' Ghàidhlig. 'Agus madainn mhath dhuibh fhèin, a charaid. Ciamar a tha sibh?'

Nuair a chuala e an fhàilte seo, nochd braoisg mhòr air aodann an fhir. Bha corra fhiacail bhriste shalach rim faicinn.

'Cò às a tha sibh agus cà' bheil sibh a' dol, a charaid?' dh'fhaighnich an duine.

''S e Dùghall Bochanan a th' orm. 'S ann à Both Chuidir a thàinig mo shinnsirean. Tha mi a' dol a dh'Obar Pheallaidh air an t-slighe dhachaigh a Raineach. Agus sibh fhèin?'

'Iain MacLeòid à Glinn Eilg. Chuir mi crìoch air m' obair ann an Craoibh a-raoir agus tha mi a' dol dhachaigh.'

''S ann a tha sibh a' coiseachd gu luath. Gabhaibh air adhart. Cha bu toil leam a bhith a' cur maille oirbh.'

'Na gabhaibh dragh,' fhreagair Iain. 'Bidh còmhradh a' còrdadh rium. Tha turas fada romham.'

'Glè mhath, a charaid,' thuirt Dùghall. ''S e baile snog a th' ann an Craoibh, nach e?'

''S e, gu dearbh. Ràinig mi am baile a' bhòn-dè le dithis chàirdean. Dh'fhàg mi an sin iad. Bidh iadsan a' gabhail drama no dhà, tha mi cinnteach, ach feumaidh mise tilleadh a Ghlinn Eilg gun dàil. Dè mur deidhinn fhèin?'

'Is mise am maighstir-sgoile ann an Ceann Loch Raineach. Ach tha mi air a bhith ann an Dùn Èideann fad cheithir mìosan a' stiùireadh leabhar tron chlò, tionndadh ùr an Tiomnaidh Nuaidh. Tha fadachd orm gus am faic mi mo theaghlach a-rithist.'

'Tha còrr is fichead bliadhna on a bha mi ann an Dùn Èideann,' ars Iain. 'Ciamar a tha cùisean ann am prìomh bhaile ar dùthcha?'

'Chanainn-sa gum biodh atharrachaidhean mòra rim faicinn on a bha sibh ann mu dheireadh. Tha am baile a' fàs agus tha planaichean adhartach aig a' chomhairle. Tha dùil aca gun tog iad am baile as brèagha 's as grinne anns an Roinn Eòrpa.'

'Nach ann air Dùn Èideann a thàinig an dà latha, ma-thà? Mas math mo chuimhne, b' e fear de na h-àiteachan a bu bhrèine air an t-saoghal a bh' ann. Bhiodh muinntir a' bhaile a' tilgeil an òtrachais a-mach air na h-uinneagan air an oidhche. Bhiodh fàileadh dheth nach creideadh sibh. Fiù 's anns an taigh-seinnse, bhiodh againn ri lasadan a chur ri pìosan pàipeir gus am boladh a chleith. Agus an salchar! Chan fhaca mi riamh a leithid.'

Rinn Dùghall gàire. 'Tha iad ris fhathast, tha mi duilich a ràdh. Ach tha rudeigin ri mholadh mu phrìomh bhaile na h-Alba: 's urrainn dhuibh mullach Bheinn Lididh ann an Siorrachd Pheairt fhaicinn bho bhallachan a' chaisteil air latha soilleir.'

'Mura faigh fear da dhùthaich, 's math leis a bhith ma coinneimh,' thuirt Iain le braoisg.

'Ma chuireas sinn an droch àile an dàrna taobh, ge-tà,' lean Dùghall air adhart, 'cha chreid mi nach eil Dùn Èideann a' dol am feabhas. Tha am baile loma-làn de dhaoine tuigseach tàlantach a sheasas a chòraichean. Agus tha Comhairle a' Bhaile làidir beairteach leis an uimhir de cheannaichean agus de luchd-ceàirde a bhios a' toirt taic dhi. 'S e saoghal eile a th' againn anns a' Ghàidhealtachd. Chan ionnan Dùn Èideann agus Raineach idir.'

'Duais airson dìlseachd a' bhaile do na *Hanoverians*, tha mi 'n dùil,' thuirt Iain gu pongail.

''S dòcha nach do rinn an dìlseachd sin cron sam bith air a' bhaile ach cha chreid mi gu bheil Comhairle Dhùn Èideann an eisimeil càirdeas na Pàrlamaide ann an Lunnainn. Chan ann air an aon ràmh a tha iad, idir. Ach, co-dhiù, chan eil mi a' gabhail sùim do na *Hanoverians* – chan eil mi air an son, chan eil mi nan aghaidh.'

'Nach eil?' dh'fhaighnich Iain. 'Nach cuala mi gun d' fhuair na

Bochanain droch dhìol an dèidh Chùil Lodair?'

'Chuala. Chaidh iadsan a mhair beò a thoirt a Charlisle. Agus fhuair iad droch dhìol mar a thuirt sibh. Thug e mòran bhliadnaichean bhuam gabhail ris na rinneadh orra. Ach tha mi aig fois a thaobh a' ghnothaich a-nis.'

''Eil?' ars Iain. 'Dh'fheumadh e a bhith gun robh e glè shearbh a shlugadh.'

'Bha. Ach bidh fios agaibh, leis na thuirt mi mum obair ann an Dùn Èideann, gu bheil creideamh Crìosdail làidir agam. Thèid a chur nar cuimhne gach turas a bhios sinn a' gabhail Ùrnaigh an Tighearna gum feum sinn mathanas a thoirt dar luchd-fiach. Tha e mar chùmhnant san ùrnaigh sin, fear dùbhlanach feumaidh mi aideachadh.'

Bha iad air talamh àrd a ruigsinn agus bha gaoth làidir a' sèideadh on àird an ear-thuath. Bha sgothan bagarrach air fàire.

'Bidh uisge trom againn ann an ùine nach bi fada,' thuirt Dùghall.

'Bithidh, gu dearbh,' fhreagair Iain. Chomharraich e le corraig clach mhòr mu leth-mhìle air falbh. 'Fasgadh!'

Cha bu luaithe a thàinig na faclan às a bheul na thòisich fras fline agus rinn na fir air a' chloich. Nuair a bha iad fo dhìon, thug Iain a' mhàileid mhòr far a dhroma agus dh'fhuasgail e na h-iallan. Thug e aiste fèileadh mòr, biodag agus daga.

Choimhead e air Dùghall. 'Mar a tha fios agaibh, tha cead aig dròbhairean a bhith a' giùlan bhall-airm fo riaghailtean Achd an Dì-armachaidh.'

Rinn Dùghall gàire. 'Tha,' fhreagair e, 'ged a chanadh cuid nach e seo an ràith airson dròbhaireachd. Biodh sin mar a bhitheadh, dh'fheumadh sibh a bhith faiceallach gun am breacan sin a shealltainn do na h-uile anns an sgìre seo.'

'An robh trusgan eile ann an eachdraidh mac an duine a chumadh blàth tioram e ann an droch shìde mar seo?'

'Cha robh,' fhreagair Dùghall. 'Tha cuimhne mhath agam a

bhith a' cur fèileadh mòr umam nuair a bha mi nam dhuine òg. Ach is cinnteach nach biodh cothrom agaibh am breacan a chur umaibh ann an Glinn Eilg, agus Taigh-feachd an Airm Dheirg cho faisg oirbh an sin?'

''S i an fhìrinn a th' agaibh,' fhreagair Iain, 'ach tha mi an dùil 's an dòchas gun tig latha eile ann am fasanan poilitigeach na dùthcha againn. Ach, 's dòcha nach tig. 'S ann le MacLeòid Dhùn Bheagain a tha sgìre Ghlinn Eilg. Cha chan mi an còrr mus can mi cus. Tha an saoghal bun-os-cionn san latha an-diugh: tha na seann dòighean air sìoladh às mean air mhean on a chaill am Prionnsa a dhòchas aig Cùil Lodair. Ach tha fearann agam, agus crodh dubh ag ionaltradh anns an Eilean Riabhach faisg air na seann Dùin. Mathaichidh sinn an talamh le feamainn agus bidh buntàta a' fàs. Cha toir sinn dùil thairis.'

'Ach, a bheil teaghlach agaibh? Dè man deidhinn-san?'

'Tha dithis mhac agam,' fhreagair Iain, 'agus ceathrar oghaichean. Bidh mo mhic ag obair air an fhearann còmhla rium ann an Glinn Eilg an-dràsta ach chan eil fios 'm dè a tha romhainn.'

'Tuigidh mi sin. Ann am Both Chuidir, dh'fhalbh mòran an dèidh an Ar-a-mach. Cha robh roghainn aca. Chaidh na dachaighean aca a losgadh gu làr le saighdearan an Airm Dheirg. Chaidh a' mhòr-chuid dhiubh do na tìrean-imrich Ameireaganach, don àite ris an canar Georgia. Ach, a rèir na naidheachd a th' agam, tha cùisean a' dol gu math leotha.'

'Nach truagh an saoghal a th' againn, ge-tà? Cò aig' a tha fios…' Rinn Iain osna mhòr. 'Co-dhiù, an innis sibh dhomh mu Raineach. Feumaidh gur ann air Oighreachd an t-Sruthain a tha sibh a' fuireach, fearann Shruthain Donnchaidh mus do chaill e a chòir air. Nach e an t-Ensign Seumas Small a th' agaibh mar bhàillidh?'

''S e. Tha sibh ceart,' thuirt Dùghall. 'A bheil sibh eòlach air?'

'Tha, beagan,' fhreagair Iain. 'Bha e os cionn cuideachd airm anns an Taigh-feachd airson greis. Duine teann ach cothromach a rèir na chuala mise. Ri linn Blàr Chùil Lodair bha e na shaighdear san Arm Dhearg – Gàidheil Lobhdainn, mas math mo chuimhne.'

Thug Dùghall an aire gun robh fiamh a' ghàire air nochdadh air aodann a chompanaich. 'Tha rudeigin a' toirt toileachas dhuibh.'

'Chan eil mòran. Ach thàinig e thugam gun robh arrabhaig inntinneach aig a' Mhòigh eadar saighdearan Iarla Lobhdainn agus na Seumasaich ro Bhlàr Chùil Lodair.'

'Chuala mi rudeigin ma deidhinn. 'Ruaig na Mòighe' mar a bh' aca oirre. Doirbh don Iarla a ghiùlan, tha mi cinnteach. Bu chòir dhomh innse dhuibh, ge-tà, gu bheil an t-Iarla air a bhith còir coibhneil rim athair-chèile. Is esan an stiùbhard-fearainn os cionn oighreachd an Iarla ann an Labhair faisg air Craoibh.'

Dh'fhalbh braoisg Iain anns a' bhad.

'Na gabhaibh dragh, a charaid,' arsa Dùghall. 'Cha do ghabh mi san t-sròin e. 'S iomadh rud a chunnaic mi thar nam bliadhnaichean a lìon mi le airtneal. Tha mi an dòchas, lem uile chridhe, nach fhaic mi luchd-dàimh a' sabaid an aghaidh a chèile a-rithist rim bheò. Feumaidh sinn ar cùl a chur ris an dòrainn sin.'

Bha iad nan suidhe fhathast ann am fasgadh na creige ach bha fèath air tighinn an dèidh an sgal-gaoithe. Bha bonnach aig an dithis aca agus thòisich iad air an gabhail ann an sàmhchair. Nuair a thill iad chun na slighe, bha am fèileadh mòr fhathast air guailnean companach Dhùghaill, agus e an dòchas gum biodh a' ghaoth agus gathan na grèine ga thiormachadh.

''S e maighstir-sgoile a th' annaibh, a Mhgr Bhochanain. Ach is cinnteach nach do rinn sibh mòran teagaisg o chionn ghoirid agus sibh ann an Dùn Èideann.' Bha Iain MacLeòid ri spòrs agus a' tarraing à Dùghall.

'Tha mi air ur port a thogail, a charaid,' fhreagair Dùghall le gàire. ''S e maighstir-sgoile, ceistear agus foirfeach Eaglais Lag an Rait a th' annam. 'S e rud neònach a th' ann ri aithris ach 's i a' cheist agaibhse an dearbh cheist a dh'fhaighnich an t-Ensign Seumas Small dhìom ann an Dùn Èideann o chionn ghoirid. Cha robh sibh a' gabhail comhairle ri chèile, an robh?'

Rinn an dithis lasgan gàire.

'Cha ruig sibh leas a bhith cùramach mu na h-oileanaich, ge-tà. Ghabh fear-teagaisg m' àite anns an sgoil. Ach, innsibh dhomh, feumaidh sibh a bhith eòlach air an Urr Dòmhnall MacLeòid. Mas ann anns an Eilean Riabhach a tha sibh a' fuireach, feumaidh gu bheil sibh faisg air an eaglais agus a' mhansa. Tha mi an dòchas gu bheil sibh a' cur na buannachd sin gu feum. Chan eil càil nas cudromaiche dhuinn na ar n-anman bith-bhuan.'

Bha coltas air Iain gun robh e beagan mì-chofhurtail.

'Chan eil, a charaid,' fhreagair e. 'Tha mi a' dol leibh. Chan eil an taigh againne ach mìle air falbh bho eaglais bheag Cille Chuimein. Ach dh'fheumainn aideachadh nach bithinn a' gabhail gach uile cothrom èisteachd ri a shearmon. An aithne dhuibh fhèin an t-Urr MacLeòid?'

'Chan aithne,' thuirt Dùghall, 'ged a tha mi eòlach air a chuid sgrìobhaidhean mu dheidhinn seann òrain agus bàrdachd na h-Alba.'

'Tha ùidh aige ann an sin, gu dearbh,' ars Iain. 'O chionn beagan bhliadhnaichean, dh'iarr e air a' mhaighstir-sgoile, Mgr MacAsgaill, agus mo cho-ogha, Ruairidh, a dhol don mhansa a choinneachadh ri daoine Gallta. Bha iad airson cluinntinn mu Fhionn agus mu Chù Chulainn. Tha mi air a bhith 'g èisteachd ris na sgeulachdan sin sna taighean-cèilidh on a bha mi nam bhalach.'

Lean an dithis fhear orra a' bruidhinn còmhla fhad 's a bha iad a' coiseachd thar a' mhonaidh, a' toirt nan seann sgeulachdan gu cuimhne agus a' meòrachadh air eachdraidh na dùthcha. Chaidh iad tarsainn air an àth aig Àth Maol Ruibhe. Cha b' fhada gus an robh iad a' tèarnadh sìos gu Srath Tatha. Ann an ciaradh an fheasgair, chunnaic iad bailtean-fearainn Obar Pheallaidh romhpa agus, air taobh thall a' bhaile, drochaid dhrùidhteach an t-Seanaileir Wade.

'Tha mi eòlach air òstair an taigh-leanna faisg air an t-seann àth.

Gheibheamaid biadh agus leabaidh an sin,' arsa Dùghall.

'Tha sibh còir, a charaid, ach cumaidh mi orm air an t-slighe.'

Thug Dùghall fa-near gun robh Iain a' coimhead sgìth.

'Cha bhi duine sam bith a' cur dragh oirbh anns an taigh-leanna. Thèid mi an urras nach bi.'

'Ach am bi seo a' cur dragh air an òstair?' dh'fhaighnich Iain, a' cur dheth a bhonaid airson a' chiad uair an latha sin. Thug Dùghall sùil air a chlàr-aodainn. Bha làrach agus lag ann a thug fianais gun robh an duine air a bhith air a dhroch leòn na chlaigeann o chionn beagan bhliadhnaichean.

'Nach sibhse a tha fortanach a bhith beò an-diugh, gun luaidh air cho geur ciallach 's a tha sibh nur n-inntinn. Tha mi cinnteach gun d' fhuaradh a' bhuille gu h-onarach air blàr a' chatha. Cha toir an t-òstair iomradh air.'

Chuir Iain a bhonaid air a cheann a-rithist. 'Ceart ma-thà,' ars esan. 'Bhithinn toilichte m' anail a leigeil.'

Dh'fhàg na fir an rathad mòr mu cheud slat mus do ràinig e an drochaid agus choisich iad sìos an t-seann slighe tro na h-achaidhean a dh'ionnsaigh Thaigh-leanna Inbhir. B' e taigh-tughaidh fada ìosal a bha ann, ri taobh clais eabaraich.

'Seo sinn,' arsa Dùghall. 'Chì sibh nach i lùchairt a th' ann ach bidh fàilte chridheil romhainn agus bidh sinn blàth cofhurtail.'

Mar a thuirt Dùghall, b' fhìor. Bha fàilte agus furan a' feitheamh orra agus bha Coinneach Stiùbhart, fear an taighe, agus a bhean air an dòigh a bhith a' gabhail naidheachd Dhùghaill. Chuir e an aithne Iain MhicLeòid iad, ag ràdh gum b' esan a charaid agus a chompanach air a thuras.

'Bidh e na urram dhuinn an-còmhnaidh a bhith a' cur fàilte air Maighstir-sgoile Bochanan,' thuirt Coinneach Stiùbhart ri Iain. 'Agus mas e caraid dhàsan a th' annaibh, bheir e toileachas mòr dhuinn gach uile aoigheachd a thoirt dhuibh fhèin. Thigibh a-steach agus dèanaibh suidhe an tac an teine. Tha am biadh gu bhith deiseil. Cha mhiste sibh grèim bìdh agus boinne bheag an dèidh ur turais.'

Bha teine ann am meadhan an t-seòmair mhòir air seann chloich-mhuilinn, an toit ag èirigh gu toll anns an tughadh. Os cionn an teine, bha poit mhòr air a crochadh air slabhraidh a thàinig a-nuas bho na cabair dhubha. Dh'fhairich Dùghall agus Iain fàileadh math a' tighinn às a' phoit. B' ann orrasan a bha an t-acras.

Chuir iad na màileidean aca air an làr fhad 's a bha iad a' garadh an làmhan ris an teine. Cha b' fhada gus an robh iad air biadh agus stòp leanna a ghabhail. Cha robh mòran dhaoine anns an taigh agus thill Coinneach Stiùbhart an dèidh greis airson còmhradh a dhèanamh còmhla riutha. Duine càirdeil cridheil, mu dhà fhichead bliadhna a dh'aois agus falt ruadh is feusag den aon dath air, bha ùidh mhòr aige ann an Ceann Loch Raineach agus rinn Dùghall aithris air an àite mar a b' urrainn dha. Mar òstair tuigseach, rinn e tomhas air Iain MacLeòid gu luath agus bha e faiceallach gun a bhith a' faighneachd cus dheth mu a bheatha phearsanta. Chuir e ceist no dhà air mu na margaidhean ann an Craoibh agus bha Iain air a shocair a' bruidhinn mu dhròbhaireachd.

Bha e gu bhith meadhan-oidhche mus do sheall Coinneach dhaibh far an robh iad gu bhith nan laighe air leapannan-fraoich.

'An gabh sinn an Leabhar còmhla, a charaid?' arsa Dùghall ri a chompanach. 'Rachamaid a chadal le beannachd an dèidh sin.' Leugh Dùghall salm agus ghabh e ùrnaigh mus deach iad mu thàmh. Dhùisg iad ri madainn shoilleir thioraim agus, an dèidh dhaibh lite agus bainne blàth a ghabhail gum bracaist, thug iad an rathad gu tuath orra.

Chaidh iad tarsainn air drochaid an t-Seanaileir Wade mus do choisich iad suas bho Shrath Tatha a dh'ionnsaigh a' bhealaich air cliathaich Shìth Chailleann. Mus do ràinig iad am mullach, stad iad gus an anail a tharraing agus choimhead iad air ais air bòidhchead Shrath Tatha. Faisg air Oighreachd Choinneachain, ghabh iad am biadh a thug an t-òstair dhaibh, aran-coirce agus càise. Tràth air an fheasgar, bha iad nan seasamh air an drochaid thairis air Abhainn Teimhil agus a' toirt sùil air na h-uisgeachan dorcha, nan cabhaig air an t-slighe chun na h-àirde an ear. B' e an drochaid seo, a thog Stiùbhartach Choinneachain ann an 1730, an tè a b' ionmhainn le Dùghall. Cha robh abhainn eile ann eadar e fhèin agus a theaghlach. Cha b' fhada gus am biodh e aig an taigh.

Beagan an iar air an drochaid, thàinig an rathad gu tuath agus gu Glinn Eilg am fianais.

'An tigeadh sibh a Cheann Loch Raineach còmhla rium?' dh'fhaighnich Dùghall. 'Tha mi làn-chinnteach gum biodh a' bhean agam agus a' chlann air an dòigh fàilte a chur oirbh.'

'Creididh mi sibh,' ars Iain le gàire. 'Ach b' fheàrr dhomh gun tighinn ann. Chuala mi ainm air an robh mi eòlach fhad 's a bha sinn a' bruidhinn an-dè. 'S dòcha gun toirinn mì-chliù air an taigh agaibhse nan tiginn. 'Eil sibh a' tuigsinn?'

'Tha. Tha mi a' tuigsinn, a charaid. Uill, beannachd leibh agus turas math dhuibh.'

'Mar sin leibh.'

Rug an dithis air làimh air a chèile agus dhealaich iad, Iain gu tuath thar nam beann a dh'ionnsaigh Dail na Ceàrdaich, Dùghall chun an iar a Cheann Loch Raineach. An dèidh greis, thug Dùghall sùil air ais ach bha a chompanach air dol às an t-sealladh fo chraobhan na coille-beithe. Bha e air còrdadh ris a bhith an cuideachd Iain Mhicleòid. B' iongantach nach biodh naidheachd no dhà aig an Urr Dòmhnall MacLeòid ma dheidhinn, ach bha Dùghall a' coiseachd dhachaigh a-nis agus fiughair mhòr air gus am faiceadh e a theaghlach a-rithist. Bha cabhag na cheum.

CAIBIDEIL A SIA

Raineach agus an t-Ensign Seumas Small, 1767

ANNS NA BLIADHNAICHEAN a lean Blàr Chùil Lodair, b' e àite garbh buaireasach a bha ann an Raineach. 'S dòcha nach robh càil as ùr ann an seo. Fad linntean, bha na Camshronaich agus Clann Ghriogair air còmhstri a dhèanamh anns a' ghleann. Cha robh còir air an fhearann aig an dàrna buidheann dhiubh, ge-tà. B' ann leis na Mèinnearaich agus le Clann Donnchaidh a bha am fearann ged nach robh iad den aon bheachd air a' ghnothach idir. Bha iad air tagradh a dhèanamh ris a' Chrùn, buidheann mu seach. Bhathar ag ràdh gun tàinig Rìgh Seumas a Ceithir gu Raineach dà thuras gus sìth a shocrachadh agus na h-eucoraich a pheanasachadh.

An dèidh Ar-a-mach nan Seumasach, bha Raineach na àite-falaich agus na dhìdean do mhòran aig an robh adhbhar air choreigin an t-Arm Dearg a sheachnadh. Ghabh iad còmhnaidh ann am bothain ann an gleanntan uaigneach agus coireachan na sgìre, a' tighinn beò anns an aon dòigh a b' urrainn dhaibh – le creich agus le goid. Bho àm gu àm, rachadh iad astar math à Raineach air tòir creiche, gu Siorrachd Obar Dheathain agus cladaichean Linne Mhoireibh. B' e daingneach air leth math dhaibh a bha ann an Raineach, air a cuairteachadh le mìle an dèidh mìle de mhonadh àrd. Bhiodh an crodh a ghoid iad ag ionaltradh à sealladh nan ùghdarrasan.

Nuair a thàinig am Prionnsa air tìr ann an Èirisgeidh ann an 1745, b' e Alasdair 'Sruthan' Donnchaidh uachdaran an t-Sruthain, earrann mhòr de sgìre Raineach. B' e Seumasach dian a bha ann a sheas cùis nan Seumasach ann an 1689 agus ann an 1715: fad beagan bhliadhnaichean, bha e na fhògarrach anns an Fhraing. Ged a bha e trì fichead bliadhna 's a còig-deug a dh'aois ann an 1745, chaidh e gu deas le ceud fear-sabaid a thoirt taic don Phrionnsa. Ged a thill e dhachaigh an dèidh Blàr Sliabh a' Chlamhain, dh'fhan na fir-sabaid aige le an luchd-dàimh à Athall.

Air sgàth Seumasachd Alasdair Dhonnchaidh, bha Oighreachd an t-Sruthain air a dì-chòireachadh leis a' Chrùn: chaidh 53 uachdarain Sheumasach a pheanasachadh anns an aon dòigh. Reiceadh cuid de na h-oighreachdan a bu lugha airson fiachan a phàigheadh ach bha Oighreachd an t-Sruthain na tè de thrì-deug a thàinig fo stiùireadh Coimiseanairean nan Oighreachdan Dì-chòirichte. Bhon bhliadhna 1746 a-mach, chuir na Coimiseanairean bàillidhean os cionn nan oighreachdan seo airson an leasachadh a rèir nam poileasaidhean aca fhèin. Bha dùil aig na Coimiseanairean gum biodh fiosrachadh mionaideach aig na bàillidhean mu na h-oighreachdan agus gum biodh iad a' brosnachadh muinntir na sgìre chan ann a-mhàin ann an àiteachas agus gnìomhachas ach cuideachd ann am foghlam.

Ann an 1749, shuidhich na Coimiseanairean Uilleam Ramsay, a bha na fhear-lagha ann an Dùn Èideann, mar bhàillidh Oighreachd an t-Sruthain. Bhon toiseach, chuir Mgr Ramsay roimhe gun rachadh mi fhìn agus Dùghall a chur an dreuchd ann an sgoil ùir ann an Druim a' Chaisteil, an ear air Loch Raineach: anns a' mhadainn bhiodh Dùghall a' teagasg leughadh, sgrìobhadh agus Leabhar nan Ceist do na balaich agus na caileagan; feasgar, bhithinn-sa a' teagasg snìomh agus fuaigheal do na caileagan, fighe agus obair-làimhe eile do na balaich. Chòrd an obair seo rinn le chèile agus bha sinn a' cosnadh airgead airson ar teaghlach a bheathachadh.

Bha Dùghall na thidsear air leth math agus sgaoil a chliù air feadh na sgìre. Dh'fhàs àireamh nan oileanach na bu mhotha bliadhna an dèidh bliadhna. A thuilleadh air sin, ghabh inbhich a' ghlinne gu toilichte ris mar cheistear. On a bha iad a' fuireach cho fad air falbh bho eaglaisean paraiste Lag an Rait agus Fhartairchill, bu bheag a fhuair iad de bhrosnachadh spioradail agus foghlam moralta mus robh Dùghall ann.

Gach feasgar, bhiodh Dùghall a' coiseachd fad agus farsaing ann an Raineach a' dèanamh cèilidh air tuath na h-oighreachd. Bha e cho còir coibhneil na ghiùlan agus cha b' fhada gus an robh a' mhuinntir a' coimhead air mar charaid agus aoghair seach mar cheistear agus thidsear. Nan tigeadh tinneas no bàs no naidheachd a' bhròin a bhuineadh ri teaghlach anns a' ghleann, bhiodh Dùghall an siud còmhla riutha cho luath 's a ghabhadh, a' toirt cofhurtachd agus sòlas Facal Dhè dhaibh. Cha b' fhada gus an do choisinn e gràdh an t-sluaigh.

On toiseach, chuairtich Dùghall coinneamhan adhraidh air Latha na Sàbaid ann an Druim a' Chaisteil. Bhiodh còrr is dà cheud duine a' tighinn thar bheann is ghleann airson a bhith an làthair gus facal an Tighearna a chluinntinn agus ùrnaigh a dhèanamh. 'S dòcha gum b' e an tachartas ann fhèin a tharraing cuid de na daoine ach tha cuimhne agam fhathast air an dòigh anns an do bhuail searmonachadh Dhùghaill air cridheachan agus inntinnean. Bhruidhinn e gu tric air gràdh agus mathanas anns a' bheatha Chrìosdail agus an dleastanas aig gach creidmheach a bhith gan nochdadh da choimhearsnach. Mar thoradh air fhaclan, thàinig gràs Dhè do mhòran dhaoine. Rug fineachan air làimh air a chèile a bha ri connspaid fad ghinealach. Bha e follaiseach dhaibh gun robh Dùghall a' bruidhinn bhon chridhe agus bhon fhiosrachadh aige fhèin.

Mar a chaidh na bliadhnaichean seachad, thuigeadh Dùghall gun tigeadh tuilleadh bhuaireasan na rathad. Cha robh dùil aige ris a chaochladh: bha e a' creidsinn gum bu chòir dhuinn a bhith deiseil airson buaireas a chòmhlachadh a h-uile latha anns a' bheatha bhàsmhoir seo. Mar a thachair, ràinig a' chuid a bu mhotha de na deuchainnean seo ann am pearsa an Ensign Sheumais Small, companach Dhùghaill ann an Taigh-eiridinn Rìoghail Dhùn Èideann.

Nuair a nochd e ann an Raineach airson a' chiad uair, bha an t-Ensign Small na shaighdear anns an Arm Dhearg agus mu dheich bliadhna air fhichead a dh'aois. Bha a shinnsirean uasal cliùiteach ann an Siorrachd Pheairt: b' e fear de theaghlach Small Doire nan Eun a bha na athair, Pàdraig, agus b' ann de Chlann Donnchaidh Shrath Locha a bha a mhàthair, Magdalen. Ma dh'fhaodte, anns na linntean a dh'fhalbh, gum b' e fir-bogha Ghàidhealach a bha anns na Smalls; dreuchd, a rèir coltais, a bha freagarrach do mhuinntir nach robh àrd nam bodhaig. Biodh sin mar a bhitheadh, bha Seumas agus a dhithis bhràithrean nan saighdearan. Choisinn gach fear den triùir urram do a theaghlach na dhòigh fhèin.

B' e Alasdair Small, an lannsair air an do rinn mi iomradh na bu tràithe, am bràthair a bu shine. Rinn esan seirbheis do dh'Fheachdan an Rìgh mar *Field Assistance Surgeon* ann am Minorca mus do ghabh e obair-lannsa shìobhalta os làimh ann am baile-mòr Lunnainn. Bha e aithnichte mar fhear-saidheans agus b' esan co-sgrìobhaiche an Ameireaganaich Benjamin Franklin. Thigeadh adhartasan nach bu bheag bhon cho-obrachadh aca.

B' e am Màidsear Iain Small am bràthair a b' òige do Sheumas Small. Dh'fhàs e gu bhith ainmeil mar thoradh air a ghiùlan ann an Cogadh nan Seachd Bliadhna. B' e duine calma onarach iochd-mhor a bha ann, air an robh meas mòr aig na rèisimeidean Gàidhealach. Rachadh aithneachadh mar shaighdear air leth ann an Cogadh Saorsa Ameireaga, gu sònraichte ann am Blàr *Bunker Hill*.

'S dòcha gum biodh am fiosrachadh seo mu dheidhinn a bhràithrean na thaic dhuinn ann a bhith a' tuigsinn nàdar agus pearsantachd Sheumais Small fhèin: an dà chuid a thaobh nan obraichean ionmholta a rinn e agus a thaobh nan dùbhlan a chuir e do Dhùghall.

Thòisich e a dhreuchd ann an Cuideachd Ghàidhealach

Lobhdainn ann an 1744 nuair nach robh e ach naoi bliadhna deug a dh'aois. Choisinn e cliù dha fhèin an dèidh dha Coll MacDhòmhnaill Bhàrrasdail a chuir an grèim anns an Ògmhios 1746. Ann an 1747, shuidhicheadh e na Ensign ann an Rèisimeid a' Mhòrair Iain Mhoirich agus bha e os cionn cuideachd airm ann an Glinn Eilg. An dèidh tuilleadh seirbheise anns an Òlaind, thàinig e a dh'Fhionnaird faisg air ceann Loch Raineach. Bha e air a chur an dreuchd mar Fhear-gleidhidh Craobhan an Rìgh agus ghabh e taigh agus pìos fearainn far an do dh'fhuirich e còmhla ri Katherine, a bhean, agus an cuid chloinne.

Mar Fhear-gleidhidh nan Craobhan, thug an t-Ensign Small buaidh mhòr air oighreachdan Raineach. Mus robh e ann, bha na coilltean gam milleadh le muinntir na sgìre a' leagail sìos nan craobhan mar a thogradh iad, gun chead, gun smaoin. Bhiodh iad a' cleachdadh an fhiodha ann an dòighean an dà chuid freagarrach agus mì-fhreagarrach – mar eisimpleir, bha cuid dheth air a fleòdradh sìos le sruth na h-aibhne airson a reic. Ach b' e an rud a bu mhiosa gum biodh iad a' toirt an rùisg far stocan nan craobhan anns a' choille-bheithe airson obair an luchd-cartaidh. Bhiodh na craobhan gun rùsg air am fàgail gus am bàsaicheadh agus an grodadh iad. Chuir an t-Ensign stad air na gnìomharan olca strùidheil sin agus cha b' fhada gus an robh muinntir Raineach ga mheasadh mar dhuine teann riaghailteach.

Nochd droch fhuil eadar Dùghall agus Seumas Small airson a' chiad uair ann an 1753. Thug Dùghall an aire gun robh an t-Ensign air litir a sgrìobhadh gu Coimiseanairean nan Oighreachdan Dì-chòirichte agus e a' gearan mu ghiùlan Mhgr Uilleim Ramsay. Sgrìobh Seumas Small nach robh am fear-lagha an làthair anns an t-Sruthan tric gu leòr gu bhith a' stiùireadh leasachadh na sgìre. Na bheachd-sa, b' e Mgr Ramsay a bha ri choireachadh airson cuid de na trioblaidean a bha air èirigh ann an Raineach. Chuir an litir fearg air Dùghall. Bha casaidean Sheumais Small neo-fhìrinneach agus mì-cheart. A bharrachd air sin, bha meas mòr aig Dùghall air Mgr Ramsay agus bha e fada na chomain airson a thaice agus a chàirdeis. Sgrìobh Dùghall chun nan Coimiseanairean a' toirt achmhasan don Ensign airson na sgrìobh e agus a' toirt slaic air gu pearsanta. Goirid an dèidh seo, bha an t-Ensign Small air a shuidheachadh na bhàillidh ùr. B' e droch thoiseach tòiseachaidh a bha ann.

Anns na bliadhnaichean a bha fhathast ri thighinn, dhearbhadh an t-Ensign gun robh e air leth comasach mar bhàillidh agus thigeadh piseach air beatha muinntir Raineach mar thoradh air a sgilean agus eud. Mus dèanainn iomradh air na leasachaidhean seo, ge-tà, 's dòcha gum biodh e freagarrach sgeulachd eile aithris, sgeulachd a nochdadh barrachd bun-fhiosrachaidh mun fhear iomadh-fhillte seo. Bha an naidheachd seo air a foillseachadh ann an iris ann an Dùn Èideann, *The Scots Magazine*.

As t-foghar 1749, bhathar a' creidsinn gun deach an Sàirdseant Arthur Davies a mhurt ann am Bràigh Mhàrr ged nach d' fhuaras a chorp. Sa bhliadhna a lean, chunnaic fear òg, Alasdair Mac a' Phearsain, taibhse an t-Sàirdseant a dh'innis dha far an robh a chnàmhan nan laighe. Nuair a fhuair e cnàimhneach air an robh còta gorm anns an dearbh àite bha coltas ann gun robh an taibhse air a bhith ag innse na fìrinne. Nuair a nochd an taibhse airson an dàrna turais, thuirt e gum b' iad Donnchadh Mac a' Chlèirich agus Alasdair Bàn MacDhòmhnaill na murtairean. Nuair a chuala Seumas Small am fiosrachadh seo, thog e casaid an aghaidh nan daoine sin agus chaidh an cur an grèim. Thàinig a' chùis-lagha gu cùirt ann an Dùn Èideann ach rinn am Fear-tagraidh Alasdair Lockhart fanaid air an teisteanas agus thilg e air Seumas Small gun robh ceann-fàth eile aige airson na fir a bha fo chasaid a pheanasachadh.

Chuir sin an dearg chuthach air Seumas Small. Na bheachd-sa, bha am Fear-tagraidh Lockhart air a mhaslachadh fa chomhair na cùirte. An ath latha, chaidh e fhèin agus dithis bhrùidean am falach faisg air taigh Lockhart. Fhad 's a bha am fear-lagha a' fàgail an taighe, thug Seumas Small sgailc da aghaidh agus e a' sireadh còmhrag-dithis. Rinn Lockhart iomradh air seo don chùirt agus chuireadh Seumas Small an grèim. Nuair a nochd an t-Ensign anns a' chùirt, agus e fhèin fo chasaid a-nis, rinn e tagradh do na h-ùghdarrasan gun robh am Fear-tagraidh Lockhart air tuaileas a thogail na aghaidh agus gun robh cunntas gun smal aige fhèin mar sheirbheiseach dìleas an Rìgh. Cha do ghabh na h-ùghdarrasan ri a thagradh agus thug iad a-mach breith gun do chuir e a' chùirt an suarachas. An dèidh chòig latha fo ghlais anns an *Tolbooth*, thug e a leisgeul gu dùrachdach don chùirt. Chaidh a leigeil ma sgaoil air chor 's gum biodh e a' cumail na sìthe fad bliadhna, fo pheanas leth-cheud punnd Sasannach.

Nam biodh an cunntas seo fìor, dh'fheumadh e a bhith na chùis-nàire do Sheumas Small agus da theaghlach. Ach, aig an aon àm, chitheamaid nàdar an duine ga fhoillseachadh ann: b' e duine ceart dìleas a bha ann ach bha e buailteach a bhith ro eudach; bha onair fhèin glè chudromach dha ach dh'fhaodadh e a bhith ro bhras ga dhìon. A bharrachd air na puingean seo, dh'fhaodte a ràdh gun aithnicheadh e, mar shaighdear, an t-àm airson a bhith a' tarraing air ais bhon chath agus a' sireadh sìth.

An dèidh an tachartais seo, thill an t-Ensign Small gu a dhleastanasan ann an Raineach agus shoirbhich leis gu mòr. Ach, le bhith ag ràdh sin, bha prìomhachasan eadar-dhealaichte aige an coimeas ri Mgr Ramsay. Nan robh eud aig Mgr Ramsay a thaobh foghlaim agus nan sgoiltean, bha Seumas Small dìoghrasach air àiteachas agus leasachadh na coimhearsnachd. Bho 1754 a-mach, thòisich a bhuaidh a bhith ri fhaicinn ann an toradh an fhearainn agus ann an taighean agus muilnean ùra. Fhuair e aonta bho Choimiseanairean nan Oighreachdan Dì-chòirichte gum maoinicheadh iad rathad gu Ceann Loch Raineach bhon àird an ear.

B' e Ceann Loch Raineach am baile ùr a bu shoirbheachaile a thog an t-Ensign Small. Aig an toiseach bha taigh robach no dhà ann aig ceann an ear Loch Raineach ach bu toil leis an Ensign clachan spaideil a chruthachadh far an suidhicheadh e na *King's Cottagers*. Bha e am beachd taighean ùra agus pìosan fearainn a thoirt dhaibh ann an àite freagarrach far am biodh iad nam ball-sampaill don mhuinntir ionadail a thaobh dèanadachd agus dìleachd don rìgh. B' ann le Coimiseanairean nan Oighreachdan Dì-chòirichte a bha an iomairt seo agus dh'fheumte a ràdh nach do dh'obraich i gu math idir ach a-mhàin ann an Ceann Loch Raineach.

As t-fhoghar ann an 1766, mus deach Dùghall a Dhùn Èideann a dh'obair air eadar-theangachadh an Tiomnaidh Nuaidh, dh'imrich sinn às an taigh-tughaidh ann an Druim a' Chaisteil don taigh ùr againn ann an Ceann Loch Raineach. Cha b' ionnan na taighean seo idir: bha an taigh ann an Ceann Loch Raineach air a thogail a dh'aona ghnothach air ar son agus bha e mòr cofhurtail, leis gach goireas a bhiodh feumail dhuinn.

Ged a bha sinn fada an comain Sheumais Small airson an taighe againn, b' e suidheachadh gu tur eadar-dhealaichte a bha ann a thaobh ar tuarastail. Fhad 's a bha Mgr Ramsay na bhàillidh, chaidh sgoiltean a thogail air feadh Raineach agus tidsearan a shuidheachadh annta. Bha coltas ann gun robh airgead ri fhaighinn airson na h-obrach chudromaich seo. Gus a dhèanamh cinnteach gun tigeadh Dùghall a Raineach aig an toiseach, chaidh Mgr Ramsay an urras air a thuarastal às a làimh fhèin. An dèidh dha a dhreuchd mar bhàillidh a leigeil dheth, ge-tà, thòisich deasbad eadar Coimiseanairean nan Oighreachdan Dì-chòirichte agus an SSPCK air cò a phàigheadh na tidsearan ann an Raineach. Bha an SSPCK den bheachd gum bu chòir do na Coimiseanairean a bhith a' pàigheadh tuarastalan tidsearan nan Oighreachdan Dì-chòirichte às an ionmhas aca fhèin.

Bha Seumas Small na dhuine comasach ann an caochladh dhòighean ach, air adhbhar air choreigin, cha deach aige air airgead fhaighinn bho Choimiseanairean nan Oighreachdan airson nan tidsearan. Bha fios againn gun robh riaghailtean rin cumail. Thàinig air Dùghall dearbhaidhean a chur fa chomhair a' bhàillidh: an teisteanas bliadhnail aige fhèin bho Chlèir Dhùn Chailleann, agus iomradh air àireamh nan sgoilearan agus nan làithean-teagaisg. Sheall Dùghall na sgrìobhainnean seo don Ensign mar a chaidh iarraidh air ach cha robh sgeul air a thuarastal. Cha robh fios againn cò a bha a' cur bacadh air a' ghnothach. Còrr is aon uair, nuair a bha Dùghall air a shàrachadh le neo-chomasachd Sheumais Small, sgrìobh e gu Coimiseanairean nan Oighreachdan agus chun an SSPCK às leth tidsearan na sgìre. A rèir coltais, b' e siubhal gun siùcar a bha ann.

Le sùil air ais, chì mi subhachas seach dubhachas, sòlas seach dòlas nan làithean sin ach bha sinn fo chùram mun airgead aig an àm agus, mar sin dheth, cha robh sinn a' blàthachadh a dh'ionnsaigh an Ensign idir. Ach dh'fhaodte nach b' e sin freumh nan duilgheadasan eadar Dùghall agus Seumas Small. Tha mi den bheachd gun robh nithean na bu doimhne na sin ann.

Bha grunn rudan ann a dh'fhaodadh a bhith air cur ris an easaonta a bha eatarra. Bha Dùghall mu dheich bliadhna na bu shine na Seumas Small ach bha aige ri dhol fo cheannsal an Ensign, mar riochdaire Coimiseanairean nan Oighreachdan; cha robh giùlan oifigich-airm an Ensign na chuideachadh na bu mhotha. Bha iad gu tur eadar-dhealaichte a thaobh teaghlaich agus foghlaim: b' e mac muilleir a bha ann an Dùghall, duine a dh'fhàs gu bhith cliùiteach mar thidsear agus sgoilear, duine aig an robh creideamh Crìosdail daingeann; b' e fear de shliochd uasal a bha ann an Seumas Small, saighdear dreuchdail aig an robh inntinn gheur phractaigeach, fear le sealladh teagmhach air a' bheatha agus air a' chinne-daonna. B' e Dùghall am mac a bu shine den teaghlach aige, teaghlach a bha gu math moiteil às na h-euchdan aige; bha Seumas Small na sheasamh fo sgàil an urraim a choisinn a bhràithrean. Agus cuideachd, ged nach eil ann an seo ach mo bheachd-smaoin fhèin, saoil an robh seòrsa de dh'fharpais eatarra? Bha iad nan dithis dealasach:

Dùghall a thaobh foghlam spioradail moralta an t-sluaigh, Seumas Small a thaobh adhartais shòisealta. Am faodadh e a bhith gun robh farmad aig gach fear dhiubh ri buaidh an fhir eile?

Cha bhi eòlas coileanta againn air na rudan seo gus an seas sinn, air Latha a' Bhreitheanais, fa chomhair an Tighearna anns na nèamhan. Ach, feumaidh mi tilleadh don sgeul, agus Dùghall a' dlùthachadh ris an taigh ann an Ceann Loch Raineach.

CAIBIDEIL A SEACHD

Ceann Loch Raineach, an Giblean 1767

RÀINIG DÙGHALL AN taigh ann an ciaradh an fheasgair. Tha cuimhne agam gun robh mi a' cur fàd mòna air an teine fhad 's a bha Sìne na suidhe aig a' bhòrd, Catrìona bheag air a glùin. Chuala sinn na balaich ag èigheach anns an lios. Thàinig e thugam anns a' bhad gum b' e Dùghall a bha ann.

Chaidh Ealasaid agus Mairead a-mach air an doras-aghaidh a dhèanamh cinnteach gun robh mi ceart. Thill iad, agus an anail nan uchd, a dh'innse dhomh gun robh Iain agus Alasdair nan deann-ruith sìos an rathad a choinneachadh rin athair.

Nochd Dùghall còmhla ris na balaich an ceann mionaid no dhà. Bha a shùilean làn toileachais agus e air a dhòigh a bhith air ais nar measg. Fad leth-uair a thìde bha ùpraid ann, gach fear agus tè den chloinn leis an sgeulachd aca fhèin ri h-innse dha.

Bha coltas math air Dùghall. Bha e follaiseach gun robh e air punnd no dhà a chuideam a chur air fhad 's a bha e ann an Dùn Èideann. A bharrachd air sin, bha coltas socair air aodann a dh'innis dhomh gun do chòrd an turas dhachaigh ris. Chuir e a làmh gu gaolach air mo ghàirdean fad tiotain mus deach a stiùireadh leis na balaich gu cathair an tac an teine. Bha iad air bhioran a naidheachd a ghabhail.

Bha an teaghlach air fad cruinn còmhla ag èisteachd ris: Sìne, an tè a bu shine, ceithir bliadhna deug a dh'aois, agus Catrìona bheag na h-uchd; Iain agus Alasdair, deich agus naoi bliadhna a dh'aois;

Ealasaid, ochd, Mairead, còig, agus Dùghall beag, dà bhliadhna a dh'aois.

Thug mi sùil air Sìne, Iain agus Alasdair. Bha iad air a bhith cho taiceil dhomh thar a' gheamhraidh. An dèidh dhaibh crìoch a chur air an obair-sgoile, bha Sìne ealamh gus cùram a thoirt don fheadhainn a b' òige agus bha na gillean èasgaidh ann an obair an taighe. Bhiodh cunntas math agam ri aithris do Dhùghall nuair a bhiodh iad nan suain-chadail.

Bha Ealasaid agus Mairead air am beò-ghlacadh le an athair ged a bha Dùghall beag caran diùid. Bheireadh e latha no dhà mus biodh e deiseil gu sreap suas air glùinean athar fhad 's a bha e na shuidhe anns a' chathair aige ri taobh an teine.

Nuair a thòisich Dùghall air innse dhaibh mun bhiadh a bhlais e ann an Dùn Èideann, ge-tà, chuir mi stad air. 'Is mi a tha duilich,' arsa mise le bròn, ma b' fhìor, nam ghuth, 'nach eil biadh spaideil agam dhutsa a-nochd. Am foghain lite agus bainne dhut an dèidh an turais fhada agad?'

'Fòghnaidh sin, gu dearbh,' fhreagair esan gu dealasach. 'Leis an fhìrinn innse, bha mi a' fàs sgìth a bhith a' gabhail bradan agus sitheann-fèidh gach latha.'

Bha iongantas air Iain agus Alasdair gus an do rinn an athair sùil bheag riutha mar chomharradh nach robh e ach ri fealla-dhà.

'Saoil am biodh comas aig Iain agus Alasdair mo mhàileid a shìneadh a-nall dhomh. Dh'fheumadh iad a bhith faiceallach, ge-tà. Tha i trom.'

Rinn na balaich mar a chaidh iarraidh orra. Bha a' mhàileid trom dha-rìribh ach bha fios agam nach rachadh Dùghall a dh'àite sam bith gun a bhith a' toirt càrn leabhraichean leis. Dh'fhosgail e am baga agus thug e a-mach, tè an dèidh tè, ochd pacaidean. Bha meud agus cruth eadar-dhealaichte aig gach tè aca ged a bha iad uile air am pasgadh anns an aon seòrsa pàipeir agus air an ceangal le sreang. Chuir e na pacaidean air a' bhòrd. Cha robh fuaim ri chluinntinn ged a bha a' bhuidheann bheag a' cumail sùil gheur air an athair. Cha robh iad buileach cinnteach dè bha e ris ach bha beachd aca gun robh rudeigin math a' dol a thachairt.

'Dè a th' agam an seo?' arsa Dùghall, mar gun robh e a' bruidhinn ris fhèin, agus e a' togail tè de na pacaidean. 'Chan eil cuimhne mhath agam idir.'

Bha sinn uile nar seasamh timcheall air a' bhòrd, Catrìona còmhla ri Sìne, Dùghall beag a' gabhail grèim air mo sgiorta.

Chuir Dùghall pacaid shònraichte mu choinneimh gach fir agus tè againn. An uair sin thuirt e, 'Fuirichibh mionaid!' Chuir e na pacaidean ann an rian eadar-dhealaichte. Leig e air gun robh e mì-chinnteach. Ach cha do chuir e cus dàlach anns a' chùis.

'Sin e, tha mi a' smaoineachadh,' thuirt e. 'Am bu toil leibh na pacaidean fhosgladh an-dràsta? No 's dòcha gum b' fheàrr leibh feitheamh gus a-màireach?'

Cha robh e an dùil ri freagairt. Chaidh na pacaidean far a' bhùird cho luath ris a' ghaoith. Bha toileachas mòr ann nuair a chaidh am fosgladh agus chunnacas na tiodhlacan a bha nam broinn: longan beaga fiodha do dh'Iain agus Alasdair; riobanan buidhe do dh'fhalt Ealasaid, feadhainn ghorma do dh'falt Mairead; bha mathan donn fighte do Dhùghall beag agus liùdhag do Chatrìona. Nuair a dh'fhosgail Sìne a pacaid fhèin, fhuair i sgarfa sìoda sgeadaichte le pàtran dìtheanach. Dhomh fhìn, bha coilear brèagha lèis a bha air a dhèanamh anns a' Bheilg.

Bha sinn air ar dòigh a chionn 's gun robh Dùghall aig an taigh a-rithist ach cha mhòr nach robh sinn air ar bualadh balbh leis na tiodhlacan air leth seo, gach fear aca air a roghnachadh gu cùramach. Fhad 's a bha sinn a' gabhail an iongnaidh a-steach shuidh Dùghall sìos ri taobh an teine còmhla ri Catrìona bhig. Bha coltas fìor thoilichte riaraichte air.

An dèidh greis, thuirt mi gun robh an lite deiseil ri ithe. Shuidh sinn còmhla aig a' bhòrd ri solas an teine. Ghabh Dùghall an t-altachadh, a' toirt taing do Dhia airson ar bìdh, ar slàinte agus ar sonais. Ged a bha am biadh sìmplidh cha robh cuirm na b' aighearaiche ann a-riamh.

Dh'fhaighnich Dùghall den chloinn airson an naidheachdan fa leth agus fhreagair iad gu toilichte mun sgoil, mu an caraidean agus mu Cheann Loch Raineach fhèin. Dh'èist e riutha gu foighidneach agus moit fhollaiseach air aodann.

An uair sin, dh'innis e tuilleadh sgeulachdan dhaibh mu na chunnaic e agus na rinn e ann an Dùn Èideann. Dh'fheuch e ri tuairisgeul a thoirt air blas cofaidh agus rinn e dealbh de na taighean-cofaidh gleadhrach, a' cur thairis le fir-lagha air an robh piorbhaigean, seacaidean fada agus briogaisean dubha.

Thug e iomradh air cuid de na daoine ainmeil air an d' fhuair e eòlas anns a' bhaile-mhòr, air a' chaisteal, an oilthigh agus an Taigh-eiridinn Rìoghail. Rinn e dealbh de Mhgr Alasdair Small ann an oifis a' chlò-bhualadair agus mar a chaidh esan agus Mgr Smellie a-mach air a chèile. Mar chleasaiche, dh'aithris e faclan nan daoine seo fear mu seach. Tha mi cinnteach gun do chuir e ri bathais a' chlò-bhualadair òig agus ri fearg an lannsair ach bha a' chlann nan lùban a' gàireachdainn. Dh'innis e dhaibh cho grinn 's a bha an seòmar-ithe ann an taigh Shandaidh Wood ach cha do chreid an fheadhainn a bu shine gun robh caora aig an lannsair mar pheata. Cha chreideadh iad gun rachadh a' chaora, Willy, còmhla ris an lannsair a choimhead air na h-euslaintich no gun gabhadh e feur gu a dhìnneir aig bòrd beag aig an taigh. Bha amharas orra gun robh an athair ri fealla-dhà a-rithist.

Nuair a chuir Dùghall crìoch air a sgeulachdan, thòisich a' chlann air dèanamh deiseil airson a dhol don leabaidh. Bha Dùghall beag agus Catrìona a' fàs sgìth ach bha an fheadhainn a bu shine an dòchas gum biodh an athair a' gabhail an Leabhair. Mar sin, thug Dùghall pàipearan às a mhàileid agus sheall e dhuinn iad. B' iad dearbhaidhean clò an Tiomnaidh Nuaidh, toradh na h-obrach a bha e ris fad ùine mhòir. Leugh e an earrann sgrìobhte anns an t-Soisgeul a rèir Lùcais mun rathad gu Emmaus. An uair sin, rinn e ùrnaigh, a' toirt moladh agus taing do Dhia.

Eadhon an uair sin, bha leisg air a' chloinn a dhol don leabaidh agus bha agam ri a chur nan cuimhne gur e laighe tràth a nì a' mhocheirigh. An ceann greis, ge-tà, bha iad nan cadal agus shuidh mi fhìn agus Dùghall an tac an teine. Bha e cho math a bhith còmhla ri chèile, a' bruidhinn a-null agus a-nall a-rithist. Ghabh mi naidheachd ar caraidean ann an coitheanal Gàidhealach Dhùn Èideann. An uair sin, dh'innis Dùghall dhomh mu dheidhinn Iain MhicLeòid à Glinn Eilg. Rinn mi lasgan gàire nuair a chuala mi na thuirt e mu dhroch fhàileadh sràidean a' bhaile-mhòir.

'Co-dhiù, a ghràidh,' arsa Dùghall, 'tha mi cho toilichte a bhith air ais aig an taigh. Ach, tha mi air a bhith a' bruidhinn cus. Ciamar a chaidh dhut thar a' gheamhraidh?'

'Chaidh gu math. Tha mi gu dòigheil.'

'Agus a' chlann? Chuir mi umhail air Catrìona. Tha i a' fàs gu luath.'

'Tha, gu dearbh. Tha Sìne cho math air cùram a thoirt dhi. 'S e taic mhòr dhomh a th' innte. Agus na balaich. Ach bha sinn gad ionndrainn. Cha deach latha sam bith seachad gun sinn a bhith a' smaoineachadh mu do dheidhinn. Chaidh e air dhìochuimhne an-diugh, agus iad cho aighearach, ach tha a' chlann air nithean sònraichte a dheasachadh dhut thar nam mìosan a dh'fhalbh – dealbhan, pìosan bàrdachd rin aithris, tha fios agad. 'S dòcha gum bi ùine agad a-màireach. Tha mi cinnteach gun còrd iad riut.'

'Tha mi cinnteach gun còrd. Agus, gu fìrinneach, bha sibhse air m' inntinn agus nam ùrnaighean gach uile latha. Ach, tha thu a' coimhead sgìth, a ghràidh. Bha mòran agad ri dhèanamh fhad 's nach robh mi aig an taigh. Tha mi duilich...'

'Na gabh dragh. 'S dòcha gu bheil mi sgìth ach chan eil adhbhar agam a bhith a' gearan. Tha sinn uile fo na h-aon chabair a-rithist. Tha fuachd agus dorchadas a' gheamhraidh gu bhith air ar cùlaibh. Tha an taigh tioram blàth cofhurtail. A-nochd, tha mi cho aotrom ri iteig.'

Rinn Dùghall gàire. 'Dè mu dheidhinn na sgoile? Agus Mgr

Dòmhnall Stiùbhart? An do rinn e obair mhath nam àite?'

'Rinn, gu dearbh. Caran crosta aig amannan, 's dòcha, ach sin dìreach nàdar an duine. 'S e tidsear math a th' ann. Chì thu a-màireach. Tha piseach air tighinn air leughadh agus sgrìobhadh Iain agus Alasdair. Ach tha mi cinnteach gum bi na sgoilearan air an dòigh d' fhaicinn a-rithist.'

'Fuirich mionaid,' arsa Dùghall, agus coltas air gun robh rudeigin air inntinn. 'Tha leabhar eile agam nam mhàileid.'

Thug e a-mach pacaid nach robh mi air a faicinn gu ruige sin. Na broinn, bha còig lethbhric de leabhar tana. Thug e fear dhomh le fiamh a' ghàire air aodann. Leugh mi na faclan air clàr-ainme an leabhair, 'Laoidhe Spioradail le Dùghall Bochanan,' agus, nan dèidh, rann den Tiomnadh Nuadh – Litir chum nan Colosianach iii: 16. Airson an dàrna turais an latha sin, bha mi balbh le iongantas.

'Cha robh thu an dùil ri sin,' thuirt Dùghall. 'Chaidh mo bhrosnachadh r' a chur ri chèile le mo charaidean ann an Dùn Èideann agus thug iad taic-airgid dhomh, a' mhòr-chuid dhith bhon choitheanal Ghàidhealach. Tha mi fada nan comain.

'Agus tha mi taingeil dhut fhèin, a Mhairead. 'S ann agadsa a tha fios air an uimhir de dh'uairean a chuir mi seachad air gach lide den bhàrdachd seo. Thar nam bliadhnaichean tha thu air a bhith nad bhrosnachadh mòr mòr dhomh. Tha cuimhne mhath agam mar a leugh thu agus mar a sgrùd thu na sgrìobhaidhean agam, agus 's ann glic cuideachail a bha do bheachdan orra. Fhuair mi barrachd misneachd bhuatsa na fhuair mi bho neach sam bith eile.'

Bha sinn nar suidhe greis gun fhacal aig an dàrna duine againn.

B' e mise a bhris an t-sàmhchair. 'Tha mi cho moiteil asad, a Dhùghaill. Cha do rinn mi mòran. 'S ann agadsa a tha liut sgrìobhaidh air leth anns a' Ghàidhlig. 'S e tiodhlac Dhè a th' ann.'

Dh'fhàisg e mo làmh le a làmhan-san. 'A bheil cànan eile fon ghrèin nas mìlse airson gràdh is mòrachd Dhè aithris? Ach, chan eil anns an leabhar bheag seo ach toiseach tòiseachaidh an coimeas ris na sgrìobh Isaac Watts agus Teàrlach Wesley. Bu toil leam tuilleadh a chur an clò. 'S dòcha gum bi agam ri tilleadh a Dhùn Èideann latha brèagha air choreigin ach cha bhi a-màireach.'

'A bheil na leabhraichean seo airson na sgoile,' dh'fhaighnich mi dheth.

'Fear no dhà aca, 's dòcha,' fhreagair e, 'ach bu toil leam leabhar an urra a thoirt do nigheanan an Urr Stiùbhairt ann an Cill Fhinn. Tha mi an dùil gun tèid mi ann as t-samhradh.'

Thug mi fa-near gun robh Dùghall a' fàs cadalach. B' e latha fada a bha air a bhith aige.

'Bha mi dìreach a' smaoineachadh,' ars esan. 'Nach sinne a tha cho fortanach... chan ann, chan ann fortanach. Nach sinne a tha cho beannaichte leis an teaghlach a th' againn. Cha mhòr nach do dhìochuimhnich mi cho math 's a tha e a bhith a' coimhead timcheall a' bhùird. Na h-aodannan òga.'

'Bidh ùine agad a-nis a bhith gam mealtainn agus tha thu airidh air. 'S i obair mhòr a rinn thu ann an Dùn Èideann. Agus nuair a bhios na rannan a leugh thu a-nochd aig an t-sluagh mhòr...'

Dhùin Dùghall a shùilean fhad 's a bha mi a' bruidhinn. Bha a' ghaoth air èirigh, a' sèideadh gu làidir on àird an ear agus a' feadalaich tron tughadh. Ach bha sinn blàth tèarainte am broinn na dachaigh againn fhìn.

Chuir sinn mòine ris an teine agus chaidh sinn don leabaidh.

CAIBIDEIL A H-OCHD

Aig an Taigh, Ceann Loch Raineach, an Giblean 1767

CHA ROBH IONGNADH mòr oirnn idir nuair a nochd Ruairidh Ceanadach aig doras an taighe feasgar an ath latha. B' e Ruairidh am maighstir-sgoile ann am Fionnaird, baile beag aig ceann an iar Loch Raineach. Bhon chiad latha a thòisich sinn air obair ann an Druim a' Chaisteil, b' e caraid math do Dhùghall a bha ann.

'A Ruairidh! Thig a-steach, a charaid. Is math d' fhaicinn. Ciamar a tha thu?' Bha an t-aoibhneas follaiseach ann an guth Dhùghaill.

B' e duine àrd tiugh a bha ann an Ruairidh, mu chòig bliadhna deug air fhichead a dh'aois. Bheannaich e an latha dhòmhsa mus do rug e air làimh air Dùghall.

'Tha mi gu math, a Dhùghaill, ach ciamar a tha thu fhèin? An do chòrd am baile-mòr riut?'

'Tha mi gu dòigheil, tapadh leat. Agus chòrd. Chòrd am baile-mòr rium, gu ìre co-dhiù. Ach tiugainn. Suidh sìos ri taobh an teine agus bidh còmhradh agus drama againn.'

Cha bu luaithe a bha na faclan à beul Dhùghaill na bha an dithis nan suidhe agus tè bheag nan làmhan.

'Slàinte mhath, a Ruairidh.'

'A h-uile latha a chì is nach fhaic!'

'Ach tha thu a' coimhead fallain, a Dhùghaill. Bha eagal orm gum biodh Dùn Èideann a' cur do chinn am breislich, gum biodh tu a' tilleadh le làn a' chinn de bheachdan ùra.'

'Na gabh dragh. Chuala mi beachd-smaointean ùra ach cha robh mi an-còmhnaidh a' gabhail riutha. B' e am biadh a bha na bhuaireadh dhomh. Chuir mi punnd no dhà a chuideam orm.'

'Thug mi fa-near…' thuirt Ruairidh. 'Ach cha bu chòir dhomh facal a ràdh. Cha tilg a' phoit air a' phrais e.'

Rinn an dithis lasgan gàire.

'Ach, a bheil naidheachd agad fhèin, a Ruairidh? Ciamar a chaidh dhut thar a' gheamhraidh? Dè bha thu ris?'

'Och, chan eil mòran. Saothair gun abhsadh, tha fios agad, uchd ris a' bhruthach mar as àbhaist. Agus dìreach a' feuchainn rim chumail fhìn blàth. Abair fuachd ann am Fionnaird. Nach robh thu air do reothadh air a' mhonadh fhad 's a bha thu a' tilleadh?'

'Cha robh. Bha mi a' smaoineachadh air Mairead agus an teaghlach agus iad a' feitheamh orm. Chuir na smuaintean sin cabhag orm.'

''S e an ceòl bu bhinne, 'Tiugainn dhachaigh', nach e? 'S e duine sona a th' annad, a charaid. Cha bhi seann fhleasgach mar a tha mise a' tuigsinn nam beannachdan seo.'

'Chan e seann fhleasgach a th' annad fhathast, a Ruairidh. Mura biodh tu a' cur seachad gach feasgar a' cluich na fìdhle, 's dòcha gum biodh tu a' faighinn bean dhut fhèin.'

''S dòcha. Ach bhithinn ag ionndrainn na fìdhle.' Bha fiamh a' ghàire air aodann Ruairidh. 'Co-dhiù, gheibh foighidinn furtachd, mar a chanas iad.'

'Is prìseil an nì an fhoighidinn, ceart gu leòr,' fhreagair Dùghall, a shùilean làn mire.

'Co-dhiù,' arsa Ruairidh. 'Innis dhomh dè a tha na h-ùghdarrasan ann an Dùn Èideann ris an-dràsta. Dè tha iad a' cur romhpa. Am bi iad a' toirt airgead dhuinn airson ar saothrach am-bliadhna?'

'Gu sealladh sealbh ort! Cha chuala mi guth air sin. Ach, tha mi cinnteach gu bheil iad a' meòrachadh oirnn. Chuala mi gu bheil iad gar sgrùdadh gus dearbhadh fhaighinn air am beachd-smaointean sòisealta. A rèir coltais, tha seòrsa de dheuchainn a' dol air adhart ann an Raineach agus tha fiosrachadh ga thional.'

'Saoil cò a bhios a' tional an fhiosrachaidh seo ann an Raineach?' dh'fhaighnich Ruairidh gu spòrsail, a' tachas a smiogaid.

'Cha b' urrainn dhomh a ràdh,' fhreagair Dùghall. 'Ach, tha thu a' cur nam chuimhne gum faca mi an t-Ensign Small anns a' bhaile-mhòr còrr is uair. A bharrachd air sin, fhuair mi eòlas air a bhràthair, Mgr Alasdair Small, lannsair à baile-mòr Lunnainn.'

'Dithis bhràithrean Small. Uill, mar as motha an cuideachd, 's ann as fheàrr an sùgradh.'

'Leis an fhìrinn innse,' lean Dùghall air, 'chòrd e rium a bhith a' coinneachadh riutha. Taing don Ensign, fhuair mi cuireadh gu Taigh-eiridinn Rìoghail Dhùn Èideann agus an uair sin gu taigh an lannsair, Mgr Sandaidh Wood, far an do ghabh sinn ar biadh còmhla. Ach, an rud a bu mhotha a chuireadh uabhas ort, a Ruairidh, chunnaic mi connspaid eadar Mgr Small agus Uilleam Smellie ann an taigh a' chlò-bhualadair. Cha mhòr nach tàinig e gu bualadh dhòrn.'

'An lannsair bochd. Nach tug thu rabhadh dha mu Mhgr Smellie?'

'Cha robh mi an dùil gum biodh e a' coinneachadh ris. Ach, b' e mo choire fhèin a bh' ann. B' e mise a thug cuireadh do na bràithrean a bhith a' tadhal air Balfour, Auld agus Smellie.'

'Fhad 's a tha sinn a' bruidhinn air na daoine uasal sin, ciamar a chaidh dhut leis an Tiomnadh Nuadh. A bheil e deiseil? A bheil duilleag agad ri shealltainn dhomh?'

'Tha, gu dearbh. Cha deach a cheangal fhathast, mar a thuigeas tu. Ach seo e.'

Thog Dùghall càrn dhuilleagan far sgeilp ann an oisean an t-seòmair agus thug e do Ruairidh e. Chuir seo iongnadh air agus cha tuirt e facal airson greis agus e a' tionndadh nan duilleagan gu cùramach.

"'S e obair mhòr a tha seo. Obair air leth. Tha thu rid mholadh.'

Lean Ruairidh air a' leughadh agus a' sgrùdadh nan duilleagan. Bha e follaiseach gun robh iad a' fàgail làrach mhòr air.

'Tha e air tighinn a-steach orm, a charaid, nuair a bhios an leabhar seo air a cheangal agus air a chòmhdachadh, gum bi e ann an làmhan an t-sluaigh. Dè a chanas an SSPCK mu sin? Tha iad air a bhith a' cur casg air ar cànan anns na sgoiltean a chionn 's nach robh na Sgrioptairean rim faighinn ach anns a' Bheurla. Cha sheas an fheallsanachd sin tuilleadh.'

"'S dòcha nach eil an SSPCK cho dona ri sin,' arsa Dùghall. 'Tha mi den bheachd gun robh iad air fàs na bu cheadachaile o chionn ghoirid. Tha mi an dòchas nach bi e ro fhada gus am bi am Bìoball air fad, bho Ghenesis chun an Taisbeanaidh, ri fhaighinn ann an clò.'

Thog Dùghall rudeigin eile far na sgeilpe. 'Co-dhiù, tha rudeigin eile agam dhut.'

Shìn e lethbreac de a leabhar fhèin, *Laoidhe Spioradail*, a-null do Ruairidh. Air ciad duilleag an leabhair, bha e air na faclan a sgrìobhadh, 'Gu mo charaid urramach, Ruairidh Ceanadach. Tha mi fada nad chomain airson a' chuideachaidh a thug thu dhomh leis a' bhàrdachd seo. Dùghall Bochanan, an t-Earrach 1767.'

Dh'fhosgail Ruairidh an leabhar gu faiceallach. Sheall e gu dian air na duilleagan. Cha tuirt e facal airson mionaid no dhà.

'Bidh an leabhar seo prìseil dhomh cho fad 's as beò mi. Ach na faclan a sgrìobh thu dhomh an seo. An robh mi cho cuideachail? Cha do rinn mi dad a-mach às an àbhaist.

'Ach, air an làimh eile,' arsa Ruairidh, agus braoisg mhòr a' nochdadh air aodann, 'tha cuimhne agam gun do dhùisg thu mi ann an uairean beaga na maidne le ceist mu lìde air choreigin. Agus dè mu dheidhinn Mairead? Ma dh'fhuiling mise, dè cho mòr 's a dh'fhuiling ise?'

Bha Dùghall a' gàireachdainn. 'Carson nach fuirich thu còmhla rinn a-nochd? Tha am biadh gu bhith deiseil, agus bidh cothrom agad faighneachd de Mhairead an do dh'fhuiling i.'

'Tha thu còir coibhneil, a Dhùghaill, ach bidh fiughair aca rium aig an sgoil a-màireach. Sin mar a thachras nuair a bhios fear air a shocair anns a' bhaile-mhòr thar a' gheamhraidh. Bidh obair-sgoile a' dol à cuimhne. Tha mi duilich, a charaid, ach 's fheudar dhomh mo chas a shìneadh.'

'Nach gabh thu biadh mus fhalbh thu, ma-thà? 'S i oidhche fhuar a th' ann agus tha grunn mhìltean agad ri choiseachd.'

'Uill, ma tha biadh gu leòr agaibh – tha deagh fhàileadh a' tighinn às, feumaidh mi aideachadh. Gabhaidh mi mo bhiadh, gu dearbh, tapadh leat. Ach, an toiseach, tha ceist agam dhut: a bheil an obair agad ann an Dùn Èideann deiseil a-nis? Am bi thu a' fantainn ann an Raineach?'

'Bithidh. Tha mi air mo dhòigh a bhith air ais aig an taigh. Cha bhi mi a' dol a dh'àite sam bith airson greis.'

'Airson greis! A Mhairead, an cuala tu sin?' thuirt e, agus e làn-chinnteach gun cuala mi gach facal – bha mi nam sheasamh air cùlaibh Dhùghaill a' sgioblachadh a' bhùird.

'Na gabh dragh, a charaid,' fhreagair Dùghall. 'Ach 's dòcha gum bi obair eile ann a nì mi latha brèagha air choreigin. Bha mi a' bruidhinn ri Mairead a-raoir air a' bhrosnachadh a fhuair a' Ghàidhlig bho bhàrdachd Oisein. Agus, mar a thuirt thu o chionn mionaid no dhà, chan fhada gus am bi an Tiomnadh Nuadh ri fhaighinn. Tha mi den bheachd gum bi fèill mhòr air faclair Gàidhlig, chan ann a-mhàin aig daoine a bhios airson am Bìoball a leughadh, ach cuideachd gus faclan agus briathran a thasgadh airson buannachd a' chànain. Ma dh'fhaodte gum biodh ùidh aig an SSPCK ann an iomairt mar sin. Agus sgrìobh mi gu Sir Seumas Mac a' Chlèirich, Penicuik…'

'A Dhùghaill, tha thu ro dhealasach. Bidh obair eile romhad, tha mi cinnteach. Ach chuala mi fathann gun robh muinntir a' bhaile-mhòir ag amas ort a bhith nad mhinistear don choitheanal Ghàidhealach.'

Rinn Dùghall gàire. 'Fathann, an e? Uill, mar as math a tha fios agad, tha mi air a bhith a' searmonachadh do na Gàidheil ann an Dùn Èideann. Tha mu leth-mhìle duine anns a' bhaile-mhòr aig a bheil a' Ghàidhlig, feadhainn dhiubh a' gabhail còmhnaidh anns a' bhaile agus feadhainn eile a' fuireach ann airson greis – saighdearan agus fir-ceàirde. Mhol iad do Chlèir Dhùn Èideann mi ach chan eil mi an dùil gun cluinn mi facal a bharrachd ma dheidhinn. 'S e na *Moderates* aig a bheil an cumhachd ann an Dùn Èideann agus chan eil iad air an aon ràmh riumsa idir. Tha mi nam *Evangelical* gu cùl an droma. A thuilleadh air a sin, tha na Gàidheil air a bhith a' dèanamh adhradh ann an togalach an *Relief Church* air Sràid Colaiste a Deas – tè de dh'Eaglaisean nan Seaseudaran.'

'Sin agad facal a chuireadh duine calma à cochall a chridhe – Seaseudair. Cha chuala mi mun eaglais sin, an *Relief Church*, a-riamh – am b' e am *patronage* a bu choireach a-rithist?'

'B' e, gu ìre mhòir. Dh'fheuch Clèir Dhùn Phàrlain ris an tagraiche aca fhèin a sparradh air a' choitheanal ann an Inbhir Chèitinn. Rinn Tòmas GillEasbaig gearan gu modhail agus gu reusanta ma dheidhinn ach sheas na *Moderates* na aghaidh gu dubh san t-Seanadh. B' e deireadh na cùise gun deach a chur à dreuchd. Ach chan ionnan an *Relief Church* agus an Eaglais Stèidhichte idir, a thaobh diadhachd…'

Stad Dùghall gun chrìoch a chur air an t-seantans nuair a rug a charaid air a ghàirdean gu cridheil. 'A Dhùghaill. Tha làn a' chinn de dh'eachdraidh agus de phoilitigs na h-eaglaise agad. Ach tha na cuspairean sin agus fàileadh a' bhìdh gam tholladh leis an acras. 'S e faothachadh a th' ann dhomh a bhith a' faicinn Sìne a' suidheachadh a' bhùird.'

Thionndaidh Sìne le lasgan an neoichiontais, air a dòigh gun robh Ruairidh ga tarraing a-steach don chòmhradh.

'Uill, a Ruairidh. Tha mi cinnteach gun dèan thu dìoghaltas orm airson mo bhriathrachais ann an ùine nach bi fada. Bidh Sìne ag iarraidh cluinntinn mun phort as ùir' a sgrìobh thu airson na fìdhle.'

'Agus bidh mise toilichte gach uile mion-phuing innse dhi,' arsa Ruairidh agus e a' caogadh a shùla ri Sìne.

Sheas an dithis charaidean ri taobh an teine fhad 's a bha Sìne a' cruinneachadh an teaghlaich còmhla agus gan cur nan suidhe timcheall air a' bhòrd. Bha a' chlann gu math eòlach air Ruairidh. Nuair a bha iad na b' òige, bu tric a bhiodh Ruairidh na aoigh aig an taigh ann an Druim a' Chaisteil. B' àbhaist do Dhùghall agus Ruairidh a bhith a' còmhradh ri taobh an teine gu uairean beaga na maidne. Ach a-nis, bha obair-dachaigh ri dhèanamh agus, a chionn 's nach robh na fir airson bacadh a chur air a' chloinn idir, b' e latha sònraichte a bha ann nuair a bhiodh Ruairidh a' gabhail biadh còmhla rinn. Bha sinn uile glè mheasail air Ruairidh. Bha e làn spòrs agus mire agus thàinig na sgeulachdan agus na seanfhaclan nan sruth 's nan sreath. Bha coltas ann gun robh an teine na bu bhlàithe agus na coinnlean-giuthais na bu shoilleire fhad 's a bha Ruairidh anns an t-seòmar.

Ann am priobadh na sùla bha sinn nar suidhe aig a' bhòrd. Chrom sinn ar cinn fhad 's a bha Dùghall a' gabhail an altachaidh. B' e sonas agus toileachas gun smal a bha ann.

CAIBIDEIL A NAOI

Ceann Loch Raineach, an Samhradh 1767

B' E BAILE ÙR, gu ìre mhòir, a bha ann an Ceann Loch Raineach nuair a ghluais sinn don taigh againn as t-fhoghar ann an 1766. Bhon toiseach, bha Seumas Small an sàs anns an iomairt. B' esan a roghnaich an t-àite aig ceann an ear an locha agus a dhealbh deich taighean ùra, pìos fearainn ri àiteach do gach fear aca. Bha an t-Ensign airidh air moladh, gun teagamh. Bha an taigh againne rùmail agus cofhurtail; bha sinn air ar dòigh leis.

Is math a rinn clachairean agus fir-ceàirde an Ensign. Thog iad an taigh againn le ballachan cloiche agus mullach tughaidh. Bha dà sheòmar mhòr na bhroinn agus clòsaid bheag eatarra. Bha uinneag còmhdaichte le glainne anns gach seòmar, tè air gach taobh den doras-aghaidh. Bha an doras seo cho àrd 's gun robh e comasach dhuinn – ach Dùghall a-mhàin – coiseachd troimhe gun a bhith a' cromadh ar cinn.

Chuir sinn seachad a' mhòr-chuid den ùine anns an t-seòmar air taobh deas an dorais-aghaidh, ann an ceann shìos an taighe – an t-àite far am biodh sinn a' gabhail ar bìdh agus far an caidleadh a' chlann a bu shine, cas mu seach ann an dà leabaidh fhiodha. Bha similear-cloiche ann an stuadh an taighe agus àite-teine mòr far am bithinn a' deasachadh a' bhìdh; bha blàths an teine ri fhaighinn aig àm sam bith. B' e rud math don chloinn a bha anns an t-similear cloiche an coimeas ris an teine ann am meadhan an ùrlair ann an Druim a' Chaisteil: bha an t-àile glan, gun cheò.

A chionn 's gun robh fiodh am pailteas ann an Raineach, bha Dùghall air preas, cisteachan, bòrd agus sèiseach a dhèanamh a bha freagarrach don t-seòmar. Mar sin dheth, ghabhamaid ar biadh aig a' bhòrd seach a bhith nar suidhe timcheall air an àite-teine mar a dhèanamaid ann an Druim a' Chaisteil. Cha bhiodh a' chlann airson obair-sgoile a dhèanamh aig a' bhòrd, ge-tà: b' fheàrr leotha a bhith ag obair air an làr mu choinneimh an teine.

B' e 'an rùm-còmhnaidh' a bha againn air an t-seòmar eile. Bha àite-teine spaideil ann ged nach robh e cho mòr 's a bha am fear anns a' cheann shìos. On a bha connadh gu leòr againn, fiodh agus mòine, bhiodh an teine air fad a' gheamhraidh. Bha bòrd beag anns an rùm-còmhnaidh agus sgeilp-leabhraichean air a' bhalla ri a thaobh. Bha ceithir cathraichean ann, tè dhiubh na sèithear dà-làimhe anns am biodh Dùghall na shuidhe nuair a bha e a' sireadh beagan fois airson leasanan-sgoile no searmon a dheasachadh.

Mu choinneimh an teine, bha leabaidh-dhùinte anns a' bhalla, ris an canadh iad 'crùb', a rinn Dùghall e fhèin à fiodh giuthais. Bha còmhlachan oirre a bha air an cumail dùinte tron latha. Bhithinn fhìn agus Dùghall a' cadal anns an leabaidh seo, agus Catrìona còmhla rinn on a bha i a' gabhail bainne-broillich fhathast rè na h-oidhche. Bha leabaidh bheag fhiodha air an làr faisg air làimh far an caidleadh Dùghall beag.

Bha pìos fearainn againn, mu thrì acairean a mheud, far an cuireadh sinn coirce, càl, currain agus buntàta. Shìn am fearann againne gu tuath, bho chùl an taighe gu cliathaich chas na beinne, agus bha gàrradh-cloiche ann ma thimcheall. Taobh a-staigh a' ghàrraidh bha seann bhothan ann far am bithinn a' bleoghan na bà agus don rachadh na cearcan agus an coileach air an oidhche. Cha robh teagamh sam bith againn: bha e fada na b' fheàrr na an lios a bha againn ann an Druim a' Chaisteil.

Bha an sgoil ùr faisg air làimh air an t-slighe chun na h-àirde an iar. Bhon taobh a-muigh, bha i a' coimhead caran coltach ris an taigh againn fhìn ged a bha uinneag a bharrachd anns a' bhalla ris an àird a deas. B' ann an seo a bhiodh Dùghall a' teagasg nan oileanach sia latha anns an t-seachdain fad a' gheamhraidh. Thòisich e aig èirigh na grèine agus chùm e air gu meadhan-latha. Taobh a-staigh, cha robh anns an sgoil ach aon seòmar mòr le àite-teine anns a' bhalla an iar. Bhiodh blàths an teine riatanach air làithean fuara a' gheamhraidh. Mar sin dheth, bhiodh na h-oileanaich rim faicinn a' tighinn don sgoil anns a' mhadainn le fàd mòna fo achlais gach fir no tè aca. Cha robh de dh'àirneis anns an t-seòmar ach na rinn Dùghall le a làmhan fhèin; bhiodh a' chlann nan suidhe air badan fraoich air an ùrlar.

Aig toiseach tòiseachaidh ann an Druim a' Chaisteil, rachadh Dùghall bho thaigh gu taigh air chèilidh air muinntir an àite agus a dh'iarraidh orra am mic agus an nigheanan a chur don sgoil. Rinn a' mhuinntir sin gu toileach agus cha b' fhada gus an robh fèill mhòr air a theagasg. A dh'aindeoin meud an t-seòmair mhòir a bha aige ann an Ceann Loch Raineach, bhiodh an sgoil a' cur thairis le oileanaich fad a' gheamhraidh.

Thug e tlachd mhòr dhomh a bhith a' faicinn na cloinne air an t-slighe don sgoil agus cabhag orra gus am faigheadh iad an sàs anns an obair aca. Bha e follaiseach gun robh am foghlam a' còrdadh riutha. Ach bha spèis agus bàidh aca cuideachd don mhaighstir-sgoile. Bha Dùghall air leth math air bruidhinn ris a' chloinn agus air ùidh a dhùsgadh nan inntinn a thaobh iongantasan an t-saoghail. Ach cha bhiodh iad ri obair chruaidh gun sgur. Bha tuigse mhath aig Dùghall nuair a bha an t-àm ann airson sgeulachd èibhinn no fealla-dhà. Agus fhad 's a fhuair na sgoilearan an cead greiseig, bhiodh e a' cumail sùil orra agus a' cuideachadh leis na cleasan aca. Bu tric a thuirt e rium gun do dh'ionnsaich e barrachd mu na sgoilearan bho bhith a' coimhead air an giùlan air an raon-cluiche na anns an t-seòmar-teagaisg.

Nuair a thòisich e air obair ann an Druim a' Chaisteil cha robh aig Dùghall ri duine sam bith a riarachadh ach Mgr Ramsay. Cha robh casg air na dòighean-teagaisg aige idir. Bho 1758 a-mach, ge-tà, b' e an SSPCK agus Coimiseanairean nan Oighreachdan Dìchòirichte a phàigheadh a thuarastal. Bha riaghailtean teanna aig an SSPCK a thaobh na Gàidhlig: gu goirid, cha robh e ceadaichte a' Ghàidhlig a chleachdadh am broinn na sgoile. B' e a' Bheurla am prìomh chànan anns na sgoiltean aca agus b' e leughadh Bìoball an Rìgh Sheumais bun-stèidh an teagaisg. Ach dh'fhàs e gu bhith follaiseach nach robh buannachd mhaireannach anns a' mhodh seo: dh'ionnsaich na sgoilearan ri earrannan a' Bhìobaill aithris anns a' Bheurla ach cha robh tuigse aca air brìgh nam facal idir.

Ghabh Dùghall ris a' phrionnsapal gun robh fileantachd anns a' Bheurla deatamach mus biodh adhartas sam bith ann am foghlam. Ach, aig an aon àm, bha meas mòr aige air bòidhchead a' phrìomh chànain aige fhèin agus air a dhualchas. Mar sin, bha Dùghall air dòigh-teagaisg a leasachadh a rèir a bheachdan fhèin.

Gu h-àbhaisteach, thigeadh sgoilearan don sgoil airson a' chiad uair gun fhacal Beurla idir ged a bhiodh iad fileanta anns a' Ghàidhlig a dh'ionnsaich iad aig glùin am màthar. Thòisicheadh Dùghall air an teagasg le obair-labhairt: bhiodh na sgoilearan a' toirt ainmean do nithean cumanta anns a' Ghàidhlig agus an uair sin ag ionnsachadh nam faclan anns a' Bheurla a cho-fhreagradh dhaibh. Cha b' fhada gus am biodh an stòr fhaclan aca a' fàs. An dèidh greis, chuireadh Dùghall leughadh sìmplidh agus cunntas ris na leasanan, a' dol a-null 's a-nall eadar an dà chànan.

Fhad 's a bhiodh na sgoilearan a' dèanamh adhartas anns an obair sin, bhiodh Dùghall gan teagasg gu bhith a' tionndadh rannan bhon Bhìoball Bheurla gu Gàidhlig agus air ais bhon Ghàidhlig gu Beurla. Bha e soilleir don a h-uile duine a bheireadh sùil orra no a dh'èisteadh riutha gun robh sgoilearan Dhùghaill a' dol am feabhas air an rathad gu fileantachd anns a' Bheurla. A bharrachd air sin, bha iad a' leughadh agus a' tuigsinn teachdaireachd a' Bhìobaill. Chuir sin gu mòr ris an fhoghlam spioradail agus mhoralta a dh'ionnsaich iad bho na h-ùrnaighean a dhèanadh Dùghall aig toiseach agus deireadh gach maidne agus bho a bhith ag obair air Leabhar

Aithghearr nan Ceist.

Thar nam bliadhnaichean fhad 's a bhiodh an SSPCK a' pàigheadh tuarastal Dhùghaill, dh'fhaodadh e a bhith gun rachadh achmhasan a thoirt air a thaobh cleachdadh na Gàidhlig. Bha a' bhuidheann sin air a bhith airson a' Ghàidhlig a chur à bith, a' coimhead oirre mar cheangal ri saoghal nan Seumasach agus nan Caitligeach. Ach cha b' e Dùghall a' chiad mhaighstir-sgoile a sheas còraichean na Gàidhlig ann am foghlam; bha Seumas Moireach à Blàr Athall air an aon ràmh – bha e air a bhith a' sgrìobhadh chun an SSPCK air a' chuspair seo bho 1716 a-mach. 'S dòcha gun robh atharrachadh air tighinn air inntinn an SSPCK beag air bheag. Ma dh'fhaodte gun do dh'aithnich iad cho cumhachdach 's bha a' Ghàidhlig ann a bhith a' teagasg a' chreideimh Chrìosdail.

Ge be air bith dè a b' adhbhar, fhuair sinn brath as t-samhradh ann an 1767 gun robh Comataidh an SSPCK air am poileasaidh a thaobh na Gàidhlig ath-sgrùdadh. Thug iad cead do thidsearan na Gàidhealtachd gus a' Ghàidhlig a theagasg anns na sgoiltean aca far am biodh i na taic do dh'fhoghlam anns a' Bheurla. Tha cuimhne agam fhathast air an latha a leugh Dùghall an litir bhon SSPCK dhomh. B' e latha aoibhneach dhuinn uile a bha ann ach gu sònraichte do Dhùghall, mar dhearbhadh air gliocas agus soirbheas a dhòighean-teagaisg fhèin.

CAIBIDEIL A DEICH

Ceann Loch Raineach, am Foghar 1767

MAIRIDH AN SAMHRADH agus am foghar ann an 1767 nam chuimhne gu bràth. Bha an t-sìde blàth tioram gu ìre a bha neo-àbhaisteach agus bha coltas air an fhearann gum biodh bàrr math ann. Cha robh biadh am pailteas againn aig toiseach an t-samhraidh ach nuair a thàinig an treas mìos, an t-Iuchar, bha sinn a' mealtainn a' chiad toraidh.

Ged a chuir obair anns na h-achaidhean stad air an sgoil fad an t-samhraidh, lean Dùghall air ag obair mar cheistear agus a' cuairteachadh sheirbheisean-adhraidh air Latha na Sàbaid. An samhradh sin, bhiodh còrr is leth-mhìle duine a' frithealadh nan seirbheisean; choisicheadh cuid dhiubh astar math thar a' mhonaidh. Tha fios agam gum b' e urram mòr do Dhùghall a bha ann a bhith a' saothrachadh ann am fion-lios a' Chruthaidheir mar seo ach bha e na uallach dha. Uaireannan, bhiodh e ag obair air an t-searmon gu anmoch Oidhche Shathairne agus bhiodh e an-fhoiseil agus caithriseach cha mhòr fad na h-oidhche.

Bho àm gu àm, chluinneamaid mu shoirbheas an Tiomnaidh Nuaidh a stiùir Dùghall tron chlò. Chlò-bhualadh agus chòmhdaicheadh deich mìle lethbhreac dheth agus thugadh seachad iad do na h-eaglaisean agus don t-sluagh timcheall air a' Ghàidhealtachd. Chòrd an t-eadar-theangachadh ùr riutha glan. Bha fèill mhòr cuideachd air leabhar Dhùghaill fhèin, na *Laoidhe Spioradail*. B' e latha buidhe a bha ann nuair a fhuair sinn brath bho Bhalfour, Auld agus Smellie a dh'innse dhuinn gun robh iad air cha mhòr a h-uile leabhar den chiad eagran a reic agus gun robh iad am beachd an dàrna eagran a chlò-bhualadh.

Nuair a thàinig am foghar, bha muinntir Raineach trang aig a' bhuain. Air sgàth buaidh Sheumais Small bhiodh na tuathanaich ag àiteach barrachd fearainn na rinn iad a-riamh roimhe. Agus ged nach robh gach leasachadh a mhol e air a bhith soirbheachail, bha e follaiseach gun robh bàrr air leth math gu bhith ann. Dh'fheumte aideachadh nach robh toradh na talmhainn pailt ann an Raineach mus tàinig Seumas Small a bhith na bhàillidh don t-Sruthan. Bha talamh torrach anns an t-srath ri taobh Uisge Teimhil ach bha na h-achaidhean faisg air an loch mar bhoglaich. Mar thoradh air sin, bha cuid de na tuathanaich air gluasad suas slèibhtean Shìth Chailleann gu deas agus suas cliathaich nam beann gu tuath. Anns na bailtean-fearainn seo, roinn muinntir Raineach, mar a roinn na Gàidheil ann an sgìrean eile, na h-achaidhean nan dà earrainn: an talamh-baile agus an cùl-cinn. B' e an talamh-baile am fearann a b' fheàrr: bha e faisg air taighean nan tuathanach agus bha e air a dheagh mhathachadh le innear a' chruidh. Ach, a chionn 's gun robh pìosan dheth air an àiteach a h-uile bliadhna, dh'fhaodadh am bàrr a bhith bochd. Air a' chùl-chinn cha chuireadh iad sìol gu cunbhalach no gu farsaing; bhiodh an crodh ag ionaltradh air an fheur as t-samhradh.

Cha do chòrd tuathanachas anns an t-seann nòs seo ri Seumas Small idir. Bha e eòlach air dòighean ùra a bha gan cleachdadh ann an Sasainn agus air a' Ghalltachd agus chuir e roimhe an toirt a-steach don t-Sruthan – a' drèanadh na talmhainn fliche, a' cur bharran ùra agus a' cleachdadh aoil.

Bha miann làidir aig Seumas Small air an talamh fliuch a dhrèanadh agus chuir e fir-obrach gu saothair anns na boglaichean. Threabh iad an talamh fliuch na fheannagan le claisean eatarra. Air an fhearann aige fhèin, dh'fheuch e an innleachd ùr Shasannach, a' cur phìoban mòra fon talamh. B' e spàirn air leth a bha ann ach, leis an fhìrinn innse, cha robh mòran tairbhe innte.

An coimeas ri sin, ge-tà, bha cleachdaidhean ùra an Ensign a thaobh àiteachais gu math soirbheachail. Bhrosnaich e na seann saighdearan aig an robh croitean air talamh math gus achaidhean mòra a dhèanamh an àite nam feannagan. Thog iad ballachan ceithir thimcheall air na h-achaidhean sin agus chuir iad barran ùra, fear eadar-dhealaichte bliadhna air bhliadhna: clòbhar, coirce, tuirneap agus eòrna anns an òrdugh sin. A thuilleadh air seo, sgaoil iad aol air an talamh far an robh cus searbhaig anns an ùir. Cha b' fhada gus an tàinig toradh mòran na b' fheàrr agus na bu mhotha às an talamh. Agus, ged a bha muinntir Raineach mì-chinnteach às na caochlaidhean seo an toiseach, bha fianais an sùilean fhèin a' dearbhadh gun robh atharrachadh mòr air tighinn air an fhearann.

A chionn 's gun robh biadh am pailteas, bha na tuathanaich na bu dèonaiche lìon a chur air raointean den fhearann. Dh'fhàs an lus sin gu math ann an Raineach. Thug e dhuinn an stuth airson nam muilnean-lìn anns a' ghleann agus airson m' obrach fhèin, a' teagasg snìomh do na mnathan.

Gun teagamh, ge-tà, b' e am buntàta am bàrr a bu chudromaiche a thug Seumas Small a-steach don sgìre: thug e buaidh mhòr air beatha gach duine ann an Raineach. Bha an t-Ensign ealamh gus luach a' bhuntàta aithneachadh – bha e air cluinntinn mu shoirbheas Treas Iarla Bhràghaid Albann ann an Srath Tatha. Aig an toiseach, cha robh tuath an Iarla airson buntàta a chur idir ann an achaidhean far am biodh coirce agus eòrna air fàs gu math. Mar sin, thòisich an t-Iarla air am buntàta a chur air an fhearann aige fhèin. Nuair a chunnaic an tuath an toradh a thàinig bhon talamh ghabh iad mòr-iongnadh agus, taobh a-staigh beagan bhliadhnaichean, bha am buntàta a' fàs air feadh Shrath Tatha.

Bha aig an Ensign ri coinneachadh ris an aon dùbhlan ann an Raineach. Ann an sùilean nan tuathanach, b' e annas a bha anns a' bhuntàta agus bha iad amharasach ma dheidhinn. Cha bu luaithe a chaidh e na bhàillidh ann an 1754, ge-tà, na bha am buntàta ri fhaicinn a' fàs air an fhearann aige air taobh deas an locha. Dìreach mar a thachair ann an Srath Tatha, dh'atharraich beachd an t-sluaigh gu luath agus ghabh iad ris a' bhuntàta le an uile cridhe. Cha b' fhada gus an robh am buntàta na phrìomh bhiadh don a h-uile duine.

A thaobh a' bhuntàta, cha robh eas-aontachd ann idir eadar Dùghall agus Seumas Small: bha mi fhìn agus Dùghall air a ghabhail gu tric anns a' Ghalltachd. As t-fhoghar sin, thadhail an t-Ensign oirnn gun fhiosta. Nochd e air madainn bhrèagha anns an Dàmhair fhad 's a bha muinntir Raineach air fad ag obair air an fhearann. Air cùlaibh taigh Bhochanain, bha an teaghlach anns an lios a' togail a' bhuntàta.

Bha sinn cho trang ag obair agus a' mealtainn àireamh agus meud a' bhuntàta 's nach tug sinn an aire don Ensign gus an do bhruidhinn e agus e na sheasamh air taobh thall gàrradh-crìche an liosa.

'Madainn mhath a Mhaighstir-sgoile, a Bh-ph Bhochanan.'

Sheas Dùghall gu dìreach far an robh e ag obair. Shuath e a dhruim le a làimh chlì.

'Madainn mhath Ensign,' fhreagair e. ''S e madainn bhrèagha a th' ann airson a bhith ag obair air a' bhlàr a-muigh. Mar a chì sibh, tha bàrr air leth againn am-bliadhna. Ach tha mo dhruim goirt. Nach tig sibh a-steach don lios agus gabhaidh sinn cupan bainne fhuair còmhla ri chèile?'

'Tapadh leibh ach cha tig,' thuirt Seumas Small. 'Ghabh mi bainne aig taigh Dhàibhidh Wright o chionn ghoirid. Co-dhiù, cha bu toil leam stad a chur air an obair agaibh. Ach tha mi an dòchas gun tig sibh air chèilidh orm a dh'oifis Chàraidh madainn Dihaoine sa tighinn, a Mhgr Bhochanain. Mu mheadhan-latha, 's dòcha? Tha mi a' deasachadh tagradh às ur leth do Choimiseanairean nan Oighreachdan. An toireadh sibh fiosrachadh leibh mu na sgoilearan agus na làithean-teagaisg – àireamhan 's mar sin air adhart. Ò, agus an teisteanas agaibh bho Chlèir Dhùn Chailleann, mas e ur toil e.'

'Bheireadh, gu dearbh' fhreagair Dùghall.

'Gu Dihaoine, ma-thà. Latha math dhuibh le chèile.' Chrom an t-Ensign a cheann gu modhail.

'Beannachd leibh.' Ghnog Dùghall a cheann.

Dh'fhan e na sheasamh gu dìreach fhad 's a bha e a' coimhead air an Ensign a' coiseachd sìos an t-slighe a dh'ionnsaigh an locha. Bha a' mhadainn brèagha fhathast ach bha mi mothachail do dh'anshocair Dhùghaill.

'Seallaibh air seo, athair,' thuirt Ealasaid. Bha i air buntàta mòr a thogail agus bha i air tighinn na cabhaig gus a shealltainn do Dhùghall. 'Seo am fear as motha, nach e?'

Choimhead Dùghall gu coibhneil sìos air a nighinn, ochd bliadhna a dh'aois, air a falt dubh agus a sùilean domhainn donna. Bha i cho coltach ris fhèin, na dearbh lethbhreac. Anns a' bhad, nochd fiamh a' ghàire air aodann.

''S e, gun teagamh. Tha thu ceart, a ghràidh. Sin am buntàta as motha a chunnaic mi a-riamh. Bidh sinn ga rùsgadh agus ga ithe aig àm dìnnearach.'

'Nach bu chòir dhuinn a bhith ga ghleidheadh agus ga shealltainn do ar caraidean, mas e 's gur e am buntàta as motha air an t-saoghal?' dh'fhaighnich i.

'Cha bu chòir, a ghràidh. Cha bhi blas cho math air gu bràth na th' air an-diugh. Agus thug Dia am buntàta dhuinn gus ar beathachadh.'

Thog Ealasaid oirre don taigh le grèim teann air a' bhuntàta. Bha i air a dòigh leis.

'Tha pàipearan Dhùn Chailleann ceart gu leòr, nach eil?' dh'fhaighnich mi de Dhùghall.

'Tha. Na gabh dragh,' fhreagair Dùghall. 'Ach nì an t-Ensign obair latha dheth a bhith gan sgrùdadh, tha mi an dùil. Tha mi duilich ach, mar a tha fios agad, chan eil mi air blàthachadh dha ionnsaigh, a dh'aindeoin…'

Leig e osna às. ''S e duine truagh a th' annam, a ghràidh.'

'Chan e. Chan e, idir.'

'Abair beannachd a th' againn anns a' chloinn. Chuir Ealasaid agus am buntàta aice an t-Ensign às mo chuimhne ann am priobadh na sùla.

'Iain! Alasdair!' dh'èigh e. 'Nach tèid sibh don loch ach an glac sibh breac no dhà. Bidh suipear bhlasta againn a-nochd.'

Cha bu luaithe a chuala na balaich na faclan seo na dh'fhalbh iad.

CAIBIDEIL A H-AON-DEUG

An t-Agallamh ann an Càraidh an Ear, am Foghar 1767

AIR MADAINN DIHAOINE, mar a bha dùil agam, cha robh Dùghall buileach cofhurtail mun agallamh a bha roimhe ann an oifis Sheumais Small. Thar nam bliadhnaichean, bha na duilgheadasan a thaobh a thuarastail air fàs gu bhith nan trom-uallach dha.

Aig an àm sin, chuireadh grunn bhuidhnean ri maoineachadh nam maighstirean-sgoile air a' Ghàidhealtachd: bha an SSPCK, Àrd-sheanadh Eaglais na h-Alba, agus Bòrd nan Oighreachdan Dì-chòirichte an sàs anns an iomairt. Ma dh'fhaodte gum b' e an SSPCK a' bhuidheann a bu chudromaiche dhiubh: b' ann a rèir toil an SSPCK a chaidh a' mhòr-chuid de na sgoiltean ùra a thogail; shuidhich an SSPCK na maighstirean-sgoile agus phàigh iad an teachd-a-steach dhaibh. Ach, taobh a-staigh nan Oighreachdan Dì-chòirichte, bha an SSPCK an dùil gum biodh an t-airgead airson nan tidsearan a' tighinn, an ceann beagan ùine, à ciste an ionmhais aig Coimiseanairean nan Oighreachdan fhèin: a rèir coltais, cha robh Bòrd nan Oighreachdan nan cabhaig an dleastanas seo a ghabhail thairis. A bharrachd air obair-teagaisg, bha iomadh maighstir-sgoile, Dùghall nam measg, nan ceistearan: ann an 1767, bha còir aca air airgead fhaighinn bho Àrd-sheanadh Eaglais na h-Alba airson seo.

Mar bhàillidh an t-Sruthain, b' e Seumas Small a rèiticheadh tuarastal Dhùghaill: deich notaichean gach bliadhna bhon SSPCK agus seachd notaichean bho Bhòrd nan Oighreachdan Dì-chòirichte. Bha còir agam fhìn air còig notaichean airson snìomh agus obairsnàthaid a theagasg. Bliadhna an dèidh bliadhna, bha dàil ann mus deach ar pàigheadh.

Aig an àm, cha robh sinn a' tuigsinn idir dè no cò a bu choireach. Bha sinn mothachail don chonnspaid a bha ann eadar an SSPCK agus Bòrd nan Oighreachdan. Ach, dh'fheumainn aideachadh gun robh sinn an amharas gun robh Seumas Small air cùl na dàlach gu ìre air choreigin. Nuair a chuala sinn gun robh an SSPCK a' dol a sgur a phàigheadh airgead do sgìre an t-Sruthain an dèidh an earraich 1767 agus gum biodh sinn gu tur an eisimeil Coimiseanairean nan Oighreachdan, theann na draghannan againn ri fàs.

Rinn Dùghall mocheirigh an latha ud. Mar a b' àbhaist dha, chuir e ùine seachad ann an ùrnaigh mus do ghabh e a bhracaist. An uair sin, dh'fhalbh e le sgrìobhainnean agus pàipearan na mhàileid gu oifis Sheumais Small. On a thòisich Dùghall mar mhaighstir-sgoile ann an Raineach, b' e Clèir Dhùn Chailleann a thug an cead-teagaisg dha agus bha aige ri dhol a Dhùn Chailleann gach bliadhna airson a bhith air a mheasadh. B' e an teisteanas air a' mheasadh sin agus aithris Dhùghaill fhèin air an obair-teagaisg aige a bha Seumas Small airson sgrùdadh.

B' e turas tlachdmhor a bha ann, trì mìle a dh'astar, bho Cheann Loch Raineach tron Choille Dhuibh gu Càraidh an Ear, deas air an loch. Nuair a thàinig Seumas Small don sgìre an toiseach, b' e Sruthan Donnchaidh a bha a' fuireach ann an Càraidh. Fhad 's a bha e na Fhear-gleidhidh nan Craobhan, bha an t-Ensign agus a theaghlach a' fuireach ann am baile-fearainn ann am Fionnaird aig ceann an iar Loch Raineach. Ach, an dèidh bàs Shruthain Donnchaidh ann an 1749 chaidh Càraidh an Ear fhàgail bàn. Bha Seumas Small airson a ghabhail thairis. Bha an taigh air a dheagh shuidheachadh airson obair a' bhàillidh, air bruach an locha agus faisg air Ceann Loch Raineach le fearann rèidh torrach ma thimcheall. Bha e follaiseach gun gabhadh an togalach fhèin leasachadh gus am biodh e freagarrach do a theaghlach – a bhean, a mhac agus a cheathrar nighean.

Rinn clachairean agus saoir an Ensign obair mhòr air an làraich. Mar thoradh air seo, bha an taigh a-nis ùr grinn snasail. Chaidh seòmar-cadail Shruthain a thionndadh na chidsin ùr agus bha trì rumannan mòra ann a thuilleadh air sin. Bha oifis an Ensign air a togail an aghaidh stuadh an taighe. B' e seòmar beag a bha ann ach bhiodh solas gu leòr a' tighinn tron uinneig a cheadaicheadh leughadh agus sgrìobhadh.

Nuair a ràinig Dùghall an oifis, bha an doras leth-fhosgailte. Chunnaic e gun robh Seumas Small na shuidhe a' sgrìobhadh aig an deasg. Ghnog e air an doras.

'Thigibh a-steach!' ars an t-Ensign ged a chùm e air a' sgrìobhadh. Cha do thog e a shùilean bhon leabhar-cunntais aige.

Sheas Dùghall na thost air a chùlaibh.

An dèidh greis, chuir e a' chleit sìos agus thionndaidh e mun cuairt a choimhead air Dùghall. 'Madainn mhath a Mhaighstir-sgoile,' thuirt e. 'Tha mi duilich nach eil stòl ann dhuibh. Tha an oifis beag mar a chì sibh. Ach, cha toir a' choinneamh againn ach ùine ghoirid, tha mi an dùil. 'S e ràith thrang a th' anns an fhoghar dhomh, mar a thuigeas sibh.'

Dhùin e an leabhar-cunntais agus chuir e an dàrna taobh e. Thog e fear eadar-dhealaichte far ceann eile a' bhùird agus dh'fhosgail e e.

'Tha mi an dòchas gun do chòrd am buntàta ri ur cloinn,' lean e air, le fiamh a' ghàire air aodann.

'Uill, bidh fios agaibh mar a bhios e leis an fheadhainn as òige,' fhreagair Dùghall. 'Tha iad measail air an lite. Bidh na balaich, Iain agus Alasdair, ag ithe rud sam bith a chuireas sinn air a' bhòrd. Agus, mar a chunnaic sibh, tha am buntàta air leth math am-bliadhna. Tha bàrr mòr againn ri chur don t-sloc. Bidh sinn ga mhealtainn air na mìosan a tha romhainn.'

'Tha mi an dòchas gum bi. Tha mi an dòchas gum bi,' thuirt an t-Ensign gu slaodach, mar gun robh e a' smaoineachadh air rudeigin eile. An uair sin, ghlan e a chliabh agus thòisich e air bruidhinn gu sgairteil.

'Mar a thuirt mi ribh o chionn beagan làithean, tha mi a' deasachadh aithris do Choimiseanairean nan Oighreachdan às leth nam maighstirean-sgoile. Tha agam ri a dhearbhadh dhaibh gun do sgrùd mi na teisteanasan agus na h-iomraidhean air obair nan sgoiltean. Nuair a bhios am fiosrachadh sin aca, bhithinn an dùil gum biodh iad a' toirt seachad an tuarastail agaibh.'

'Tuigidh mi sin, Ensign,' fhreagair Dùghall agus e a' fosgladh na màileide aige. Chuir e an teisteanas agus an aithris aige fhèin air a' bhòrd.

Thog an t-Ensign na pàipearan agus thòisich e air an sgrùdadh gu mionaideach, duilleag an dèidh duilleige. Bho àm gu àm thog e a' chleit agus sgrìobh e facal no dhà anns an leabhar-cunntais.

Lean e air fad ùine mhòir, fhad 's a bha Dùghall na sheasamh a' feitheamh. Thug Dùghall sùil mun cuairt an t-seòmair. Bha preas mòr daraich mu choinneimh na h-uinneige. Dh'aithnich e grinneas na saorsainneachd. B' ann sgileil a bha na làmhan a rinn e. Bha grunn leabhraichean-cunntais nan laighe gu sgiobalta air, bileag air druim gach fir aca agus sgrìobhadh Sheumais Small ri fhaicinn orra. Thòisich e air na faclan a leughadh ris fhèin ach, a dh'aindeoin nan oidhirpean seo gus inntinn a chumail trang, bha e a' fàs mì-fhoigidneach. Saoil an robh an t-Ensign den bheachd gur esan a-mhàin a bha dripeil as t-fhoghar?

'Tha coltas ann gu bheil na pàipearan agaibh ceart,' thuirt Seumas Small mu dheireadh thall. 'Tha mi a' feitheamh airson cuid de phàipearan nan co-obraichean agaibh fhathast ach tha mi an dòchas gum bi mi deiseil gus iomradh a chur a-steach ann an ùine nach bi fada.'

'Bhithinn nur comain, Ensign,' arsa Dùghall. 'Mar a tha fios agaibh, tha teaghlach mòr agam. Feumar am beathachadh. Cha dèanainn a' chùis às aonais mo thuarastail. Nam bheachd-sa, tha mi air mo dhleastanas a dhèanamh agus, mar a chì sibh, tha teisteanas Dhùn Chailleann gam mholadh.'

'Tha. Tha sin follaiseach. Nì mi mo dhìcheall. Ach tha mi an dùil gum bi biadh gu leòr agaibh aig an àm seo den bhliadhna.'

Ghnog Dùghall a cheann ach cha tuirt e facal.

'Agus, gabhaibh mo leisgeul, ach nach d' fhuair sibh airgead airson na h-obrach a rinn sibh ann an Dùn Èideann?'

'Fhuair,' arsa Dùghall. 'Ach tha mi an dùil gum bithear a' toirt airgead às mo thuarastal-sa a chum Maighstir-sgoile Stiùbhart a phàigheadh.'

'Thachair sin an-uiridh fhad 's a bha e a' gabhail ur n-àite. Am-bliadhna, bidh an tuarastal agaibh an eisimeil Bòrd nan Oighreachdan a-mhàin. Tha mi a' dol a mholadh gun dèan iad an rud ceudna. Am biodh sin cothromach dhuibh?'

'Bhitheadh. Bhithinn an dùil ri sin,' fhreagair Dùghall.

'Uill, mar a thuirt mi,' lean Seumas Small air, 'nì mi mo dhìcheall às ur leth.'

'Chan eil mi a' tuigsinn carson a bhiodh feum air taic às an àbhaist, Ensign,' thuirt Dùghall. Cha robh e comasach dha an diomb na ghuth a chleith. 'Tha mi air mo dhleastanas a choileanadh gus an dearbh litir.'

'Tha,' fhreagair an t-Ensign gu tioram. 'Ach ann an sùilean a' Bhùird, chan eil annaibh ach fear eile de na maighstirean-sgoile a bhios a' faighinn airgead às an ionmhas. Tha latha eile air tighinn oirbh on a bu sibhse am fear a b' ionmhainn leis a' bhàillidh, Mgr Ramsay.'

Phriob lasair na feirge gu goirid ann an sùil Dhùghaill. ''S e duine uasal a th' ann am Mgr Ramsay,' thuirt Dùghall gu dian, 'agus bha e na bhàillidh air leth math.'

'Tuigidh mi ur dìlseachd,' fhreagair Seumas Small. ''S e duine beairteach a th' ann agus, mar sin, bha e comasach dha a bhith fialaidh dhuibh.'

'Tha e na iongnadh dhomh gun canadh sibh a leithid, Ensign. Mar gum biodh mo dhìlseachd dha an crochadh air fhialaidheachd.'

'Ach, bhiodh sibhse a' creidsinn gun tàirngeadh Mgr Ramsay na feartan a bu mhiosa asam, nach biodh, a Mhgr Bhochanain. Tha cuimhne agam air litir a sgrìobh sibh às leth Mhgr Ramsay gu Bòrd nan Oighreachdan, litir anns an do rinn sibh iomradh orm mar 'fhear mì-mhoralta' a rinn breugan mì-chiatach mun duine urramach sin.'

Chlisg Dùghall. B' e buille ghoirt a bha seo ris nach robh dùil aige idir. Bha Seumas Small a' toirt tuairisgeul air an litir a sgrìobh Dùghall ann an 1753, an litir anns an do sheas e còraichean Mhgr Ramsay gu làidir an aghaidh an Ensign.

'Tha cuimhne agam air an litir, Ensign. Ach sgrìobh mi na faclan sin o chionn ceithir bliadhna deug. Tha mi nas eòlaiche oirbh a-nis na bha mi aig an àm sin agus tha mi a' gabhail aithreachais air cuid de na nithean a sgrìobh mi. Bha mi an dòchas gun robh an litir sin air dol à cuimhne. Bha mi an dòchas gu bheil spèis air fàs eadarainn.'

Choimhead Seumas Small air Dùghall fad greis gun smid a ràdh. Cha robh rud sam bith ri leughadh air aodann.

'Cha robh mì-rùn agam dhur n-ionnsaigh a-riamh, a Mhgr Bhochanain. Tha mi cinnteach gum biodh e furasta gu leòr do ur caraidean ann an Dùn Èideann na h-aithisgean agam a lorg, aithisgean anns an do rinn mi àrd-mholadh air ur sgilean agus ur dìcheall.'

'Chan iarrainn dad a chur ri ur faclan fhèin air a' chuspair, Ensign. Fàgaidh mi rèiteachadh mo thuarastail agaibhse. Am faod mi cur nur cuimhne, ge-tà, gu bheil teaghlach mòr agam ri bheathachadh. Tha mi an dòchas …'

'Tha, gu dearbh,' arsa Seumas Small. Phaisg e pàipearan Dhùghaill gu cùramach agus shìn e dha iad. Dh'èirich e air a chasan.

'A bheil an taigh ùr agaibh ann an Ceann Loch Raineach a' còrdadh ri ur teaghlach?' dh'fhaighnich e, gu socair.

'Tha, tapadh leibhse,' fhreagair Dùghall. ''S e taigh fìor mhath a th' ann. Fada nas fheàrr na an taigh a bh' againn ann an Druim a' Chaisteil – nas motha, nas tiorma, nas cofhurtaile. Tha sinn nur comain.'

'Agus an sgoil?'

'Ceum air adhart, gun teagamh.'

'Bidh sin rèidh ri toil a' Bhùird, tha mi cinnteach.'

Ghnog Dùghall a cheann.

'A bheil rud sam bith eile…?'

'Chan eil. Tapadh leibhse, Ensign.'

Rug na fir air làimh air a chèile agus, a' fàgail soraidh slàn leis an Ensign, choisich Dùghall a-mach air an doras.

Ged a bha coltas air bhon taobh a-muigh gun robh e aig fois, bha inntinn air a bhith air a cur am breislich leis na thachair anns an oifis. Bha e a' gabhail aithreachas mar-thà air a ghiùlan. Nach tug e buaidh fhathast air fheirg? B' ann mì-mhodhail a bha an t-Ensign, ga chumail na sheasamh, ach an robh rudan eile, rudan na bu doimhne fhathast ann? Rudan nach robh air am mathadh?

An ceann mionaid no dhà, ràinig e an lèanag bhrèagha eadar an taigh agus an loch. Faisg air bruach an locha, bha oiteagan-gaoithe a' crathadh duilleagan deireannach craoibh-caorainn. Bha na dearcan ris, cho dearg ris an fhuil.

Thàinig e a-steach air gun robh a dhùirn dùinte gu teann. Lasaich e iad. Stad e airson mionaid agus dhùin e a shùilean. Bha fios aige nach biodh e math dha a bhith a' cnuasachadh air an Ensign agus air a' choinneimh aca tuilleadh. Rinn e ùrnaigh ghoirid mus tug e an rathad dhachaigh air. B' e cobhair an Tighearna a bha a dhìth air.

Thàinig na faclan thuige:

An spiorad briste, tùirseach, trom,
siud ìobairt Dhè nan dùl:
Ri cridhe briste brùit', a Dhè,
gu bràth cha chuir thu cùl.[2]

---

[2] Salm LI, 17 *An Tiomnadh Nuadh* (Comann Bhìoball na h-Alba, 2002). Faic Iar-Fhacal an Ùghdair.

CAIBIDEIL A DHÀ-DHEUG

Ceann Loch Raineach, an Geamhradh 1767

CHÒRD OBAIR A' cheisteir gu mòr ri Dùghall agus ma dh'fhaodte gum b' ann mar cheistear a choisinn e àite sònraichte ann an cridhe sluagh Raineach. An dèidh ruaig nan Seumasach, bhris siostam nan cinnidhean sìos mean air mhean: chaill na Gàidheil an dàimh ris na cinn-chinnidh agus an dòigh-beatha aca. 'S dòcha nach do dh'fhairich na daoine a bha a' tighinn beò air a' mhonadh, na Camshronaich agus Clann Ghriogair, an call seo gu dona ach b' e beàrn mhòr a bha ann do mhuinntir Ghleann Raineach, gu h-àraid do na tuathanaich. Dhaibhsan, agus do dhuine sam bith a chuireadh fàilte air, b' e caraid prìseil a bha ann an Dùghall, chan ann mar cheistear a-mhàin ach mar aoghair a bheireadh sòlas dhaibh nuair a bha iad fo thrioblaid no fo bhròn.

An dèidh dha biadh a ghabhail aig uair feasgar, bheireadh Dùghall an rathad air agus dhèanadh e cèilidh air an tuath anns na h-achaidhean agus anns na dachaighean aca. Bu tric, bhiodh coinneamh roimhe ann an àite air choreigin, taigh no sabhal, mus laigheadh a' ghrian. Air an t-slighe, bhiodh e a' coimhead air na h-euslaintich, a' gabhail ùrnaigh còmhla riutha agus a' toirt dhaibh na bha aige de chomhairle mheidigich, eòlas a fhuair e fhad 's bha e ann an Dùn Èideann. Ann an sgìre fharsaing mar Raineach, fada bhon mhinistear, bho eaglais na paraiste agus bho dhotair sam bith, bha an obair a rinn e thar luach.

Bu tric a thàinig e dhachaigh an dèidh dol fodha na grèine nam biodh an oidhche soilleir agus a' ghealach làn. Bhithinn ag iarraidh air a bhith faiceallach, agus mi fo iomagain mu a thèarainteachd. Ach bu dìomhain dhomh mo shaothair. 'S ann a dhèanadh e gàire, ag ràdh rium gun a bhith a' cur dragh orm fhìn. Tha cuimhne agam air oidhche geamhraidh a' bhliadhna ud, ge-tà, agus mi a' gabhail fadachd nach robh Dùghall a' tilleadh. Bha a' chlann nan cadal-suain ach cha robh sgeul air. Dh'fheumainn aideachadh gun robh an t-eagal orm.

Bha e air a bhith a' ceasnachadh aig taigh Sheumais Cheanadaich faisg air Drochaid Ghamhair. Bha taigh nan Ceanadach na bu mhotha na taighean an nàbaidhean agus bha grunn theaghlaichean cruinn còmhla ann airson na coinneimh. Mar bu ghnàth, chuir iad fàilte chridheil air Dùghall agus dh'fheumadh e biadh a ghabhail mus tòisicheadh e air obair. Bha dòigh àbhaisteach ann na theagasg: bhiodh e a' cur cheistean à Leabhar Aithghearr nan Ceist air na daoine nan suidhe timcheall air an t-seòmar, duine mu seach, agus bhiodh iad a' toirt freagairt. Bha Dùghall còir taiceil agus bha liut aige air freagairtean nach robh buileach ceart a chleachdadh mar phuing ionnsachaidh, gun a bhith a' cur nàire air duine sam bith.

Bheireadh na coinneamhan seo cothrom dha a bhith a' coinneachadh ri muinntir Raineach gu dìreach agus gu pearsanta, rud nach robh furasta dha an dèidh seirbhisean Latha na Sàbaid. An dèidh dha crìoch a chur air na ceistean, dh'fhanadh a h-uile duine airson naidheachd a ghabhail. Nochdadh biadh agus deoch agus bhiodh òrain, sgeulachdan no bàrdachd ann mus gabhadh iad an rathad dhachaigh orra.

An oidhche ud, dh'fheumadh Dùghall astar math, mu ochd mìle, a choiseachd mus tigeadh e dhachaigh. Ach air dha a chluinntinn nach robh Dòmhnall Donnchaidh agus a bhean, Màiri, air tighinn don choinneimh air sgàth tinneis, chuir e roimhe coimhead a-steach air a' chàraid aosta. Bha a' ghealach gu bhith làn agus bha Dùghall gu math eòlach air an fhrith-rathad chun an taighe bhig far an robh am bodach agus a bhean a' fuireach nan aonar. Bha seachdnar de theaghlach air a bhith aca ach cha robh ach an nighean, Anna, beò fhathast, air mhuinntireas ann am Baile Chloichridh. Chaochail ceathrar nan leanaban. Bha dithis mhac air dol a chogadh a Chùil Lodair ach cha do thill iad.

Cha robh an taigh aca ach dìblidh, na ballachan agus am mullach air an togail à sgrathan. Mar a bha Dùghall a' tighinn dlùth ris, chunnaic e an ceò a' tighinn às a' mhullach. Bha solas fann ri fhaicinn far an robh an uinneag dùinte le pìos fiodha.

Ghnog Dùghall gu sèimh air an fhiodh agus thuirt e, "S e Maighstir-sgoile Bochanan a th' ann. A bheil duine a-staigh?'

Chuala e gluasad am broinn an taighe agus guth boireannaich. 'Fuirichibh mionaid, mas e ur toil e.'

An dèidh mionaid no dhà, chaidh am brat a bha a' lìonadh an dorais a thoirt air falbh agus nochd aodann coibhneil Màiri le aithinne na làimh. Cho luath 's a chunnaic i Dùghall, thuirt i, 'A Mhaighstir-sgoile, tha sibh ro chòir. Cha robh sinn an dùil... Ach thigibh a-steach. Chan eil Dòmhnall gu math idir ach bheir e togail da chridhe a bhith gur faicinn.'

Bha aig Dùghall ri dhol na ghurraban gus faighinn tron doras. A-staigh, sheas e gu dìreach airson tiotain mus do chrom e a cheann a-rithist – bha an uiread de cheò ag èirigh bhon teine ann am meadhan an ùrlair.

Bha Dòmhnall air a bhith na thàmh anns a' chrùb nuair a ghnog Dùghall air an uinneig ach bha e air a chasan a-nis. Thug sin air a bhith a' casadaich gu cruaidh.

'Air ur socair, a Dhòmhnaill,' thuirt Dùghall agus e a' cur a làimhe air gualann an t-seann duine. 'Suidhibh sìos agus suidhidh mise ri ur taobh.'

'Is math ur faicinn, a Mhgr Bhochanain. Suidhibh sìos, mas e ur toil e. Seo a' chathair,' arsa Dòmhnall ann an guth fann. Bha anail na uchd agus an tùchadh air.

'Sin a' chathair agaibhse, a charaid,' arsa Dùghall. 'Gabhaidh mise an stòl beag seo. Nach eil cuimhne agaibh gur e an suidhe bochd a nì an garadh beairteach?'

Rinn Dòmhnall gàire chridheil mus do shuidh e anns a' chathair aige fhèin. Thòisich e air casadaich a-rithist.

'An gabhadh sibh grèim bìdh còmhla rinn, a Mhgr Bhochanain,' dh'fhaighnich Màiri, agus i a' suidheachadh plaide timcheall air guailnean Dhòmhnaill.

'Tha mi air an rathad dhachaigh an dèidh biadh a ghabhail ann an taigh nan Ceanadach. Ach gabhaidh mi cupan bainne, tapadh leibh.'

Ann an ùine ghoirid bha cupan bainne aige na làimh agus thionndaidh an còmhradh gu staid slàinte Dhòmhnaill.

'Bha e ceart gu leòr gus an tàinig e a-steach a' bhon-dè,' thuirt Màiri. 'Sin nuair a thòisich e air casadaich agus dh'innis e dhomh gun robh gathan pian na chliathaich. Ach thuirt mi ris nach bu chòir dha a bhith ag obair a-muigh fhad 's a bha e a' cur sneachda. Bha an duine bochd fuar agus bog fliuch, ach tha e fada na cheann fhèin.'

'Cà' bheil am pian, a Dhòmhnaill?' dh'fhaighnich Dùghall.

'Air taobh clì mo chlèibh, ach dìreach nuair a bhios mi a' casadaich, no a' gàireachdainn, tha fios agaibh.'

'Gathan pian?'

''S e.'

'Saoil an e *pleurisy* a tha oirbh, a charaid. Bhiodh e na b' fheàrr dhuibh gun a bhith ag obair a-muigh airson latha no dhà. A bheil biadh agus connadh gu leòr agaibh a-staigh?'

'Tha. Tha gu leòr againn, tapadh leibh,' arsa Màiri. 'Ach chan eil càil bìdh aige idir. Leig mi fuil às a' bhoin an-dè agus ghoil mi dha i ach cha ghabhadh e ach balgam dhith.'

'Na gabhaibh dragh, a Mhàiri,' arsa Dùghall. 'Mas e *pleurisy* a th' air, b' fheàirrde e gun a bhith ag ithe cus. Chuala mi dotair ainmeil, an Dr Buchan, a' bruidhinn mun ghalar sin fhad 's a bha mi ann an Dùn Èideann. Chan eil a h-uile goireas a th' aigesan againne ach tha cuimhne agam gun do mhol e meug seach bainne agus brochan teth no làgan seach lite.'

'Tha cuimhne agam air mo sheanmhair fhèin a' gabhail brochan nuair a bhiodh an cnatan oirre,' arsa Màiri.

'Tha agus mise,' arsa Dùghall. 'Bha an dotair a' moladh a' cheò às a' bhrochan. A rèir coltais, chan eil leigheas eile ann cho math air stad a chur air casadaich.'

'Nì mi mo dhìcheall ach tha e buailteach a bhith rag uaireannan ...'

'A Dhòmhnaill,' arsa Dùghall le gàire. 'Chan eil mi ga chreidsinn. Tha an tinneas seo gur sàrachadh. Am bi sibh umhail do Mhàiri? Tha mi an dòchas gum bi. Ach, tha e air tighinn a-steach orm: an toil leibh teatha? Thug mi pacaid teatha leam don choinneimh. An do dh'fheuch sibh a-riamh i?'

'Dh'fheuch, ach dìreach an aon uair,' arsa Màiri. ''S ann a thug Anna, an nighean againn, teatha dhuinn turas agus chòrd i rinn.'

'An gabh sibh an teatha seo, ma-thà?' Shìn Dùghall a' phacaid bheag a-null do Mhàiri.

'Tapadh leibh, a Mhaighstir-sgoile, ach nach ann daor a tha i?'

'Chan ann. Uill, leis an fhìrinn innse, chan urrainn dhomh a ràdh le cinnt. B' e tiodhlac dhomh a bh' ann, bho charaid ann an Dùn Èideann. Ach tha gu leòr agus ri sheachnadh againn aig an taigh.'

'Mo bheannachd oirbh,' arsa Dòmhnall.

Rinn Dùghall faite-gàire. ''S dòcha gun dèanadh Màiri cupan teatha dhuinn an-dràsta, ach an lasaicheadh e an casad agaibh.'

Fhad 's a bha an teatha a' tarraing, shuidh iad còmhla ro bhlàths an teine. Cha b' fhada gus an robh iad ga gabhail, agus a' bruidhinn air ais is air adhart air cùisean teaghlaich. An sin, thòisich Dòmhnall ri casadaich a-rithist. Chlisg e le gathan pian na chliathaich. Nochd fiamh a' chùraim air aodann Dhùghaill.

'Bu chòir do Dhòmhnall dol mu thàmh,' thuirt e. 'Agus feumaidh mise falbh. Ach, nach gabh sinn an Leabhar còmhla airson greis?'

Thug Dùghall an Tiomnadh Nuadh às a mhàileid agus leugh e beagan rannan às. An uair sin rinn e ùrnaigh, ag iarraidh gu dùrachdach air an Tighearna a charaid a shlànachadh.

Anns an dealachadh, gheall Dùghall dhaibh gun tigeadh e air ais a choimhead orra taobh a-staigh seachdaine. Bha e den bheachd nach seasadh tinneas Dhòmhnaill an aghaidh rùn agus cumhachd leigheas Màiri.

Dh'fhalbh e ri solas na gealaich agus e a' meòrachadh ris fhèin. Nach b' ann aigesan a bha an t-urram, a bhith a' toirt gràdh agus cofhurtachd an Tighearna do na daoine seo, muinntir bhochd Raineach.

Cha robh e mothachail air an uair idir. Bha fios aige gum bithinn a' feitheamh ris aig an taigh ach cha robh e a' cuimhneachadh gum bithinn fo iomagain ma dheidhinn, cho anmoch air an oidhche reòthta sin. Choimhead e suas dhan fhailbhe mhòir. Chunnaic e am bann soilleir na shìneadh bho thaobh gu taobh den iarmailt ris an canadh a shinnsirean Slighe Chloinn Uisnich. Chunnaic e na rionnagan thar cunntais, obair a' Chruthaidheir, agus rinn e gàirdeachas.

CAIBIDEIL A TRÌ-DEUG

Litir bho Charaid ann an Dùn Èideann, an t-Earrach 1768

THÒISICH A' BHLIADHNA 1768 le sìde fhuair shoilleir. Leis an reothadh a bha ann, bha an talamh cho cruaidh ris an iarann. A dh'aindeoin sin, agus ged a bha mòran de na craobhan air bruaichean an locha lom, b' e àite brèagha a bha ann an Raineach air latha math. Bha Sìth Chailleann air a còmhdachadh le sneachda agus a' tilgeil air ais solas na grèine, uachdar an locha mar airgead ann an ciaradh an fheasgair.

A dh'aindeoin nan làithean goirid agus sleamhnachd nam frith-rathaidean, bha Dùghall ga chumail trang le obair-teagaisg. Cha robh mòran ri dhèanamh air a' bhlàr a-muigh agus bha an sgoil loma-làn. A bharrachd air a' chloinn, bha grunn inbheach air tighinn a bhruidhinn ri Dùghall a dh'iarraidh foghlam.

Bha e dùbhlanach a bhith a' teagasg clas anns an robh daoine de gach aois agus ìre ach ghabh Dùghall ris gu toileach. Chòrd e ris gun robh a' chlann aige fhèin anns an sgoil: bha e moiteil asta nuair a chunnaic e gur ann a' dol am feabhas a bha iad. Aig an taigh, bhiodh e ag èisteachd ri an leasanan leughaidh agus gam brosnachadh.

Bha Sìne, a bha gu bhith còig bliadhna deug a dh'aois, math air obair-sgoile agus bhiodh i a' toirt taic don fheadhainn a b' òige. Mar thoradh air seo, bha Ealasaid agus Mairead a' dèanamh adhartas mòr. Tha cuimhne agam air feasgar nuair a mhol Dùghall Sìne airson a sgilean. Thuirt e rithe gum b' e tidsear air leth math a bha innte.

Mhair fiamh a' ghàire air a h-aodann airson a' chòrr den latha ud. Nuair a bha a' chlann nan cadal agus an dithis againn a' bruidhinn còmhla an tac an teine, thuirt Dùghall rium gum b' i Mairead a bu mhotha a chuir iongnadh air, agus i cho luath agus cho neo-mhearachdach na h-ionnsachadh.

Bha sinn cho toilichte leis an teaghlach againn agus a' dèanamh deiseil airson co-latha-breith no dhà a mhealtainn nuair a thàinig litir à Dùn Èideann gu Dùghall. Cho luath 's a nochd e am feasgar sin, thug mi dha i. Sgrùd e an t-seula agus an làmh-sgrìobhadh mus do dh'fhosgail e an litir. Leugh e agus dh'ath-leugh e na bha sgrìobhte air an duilleig agus dh'aithnich mi air aodann gum b' e naidheachd bhrònach a bha innte. Rinn e comharradh rium agus ghluais sinn don t-seòmar-còmhnaidh, air falbh bhon chloinn. Shìn e an litir dhomh.

'B' e Mgr Craw a sgrìobh an litir thugam,' thuirt e. "S dòcha nach do rinn mi iomradh air roimhe dhut – duine uasal air an d' fhuair mi eòlas ann an Dùn Èideann. Bidh cuimhne agad orm a' bruidhinn air Eàrdsaidh Uallas agus a mhnaoi. Bha iad cho coibhneil fialaidh dhomh fhad 's a bha mi anns a' bhaile-mhòr. Tha Mgr Craw ag innse dhomh gun d' fhuair iad briseadh-cridhe nuair a chaochail an nighean, Barabal, o chionn cola-deug. Bha fiabhras oirre, a rèir coltais. Bu chòir dhomh sgrìobhadh thuca gun dàil, 's dòcha nuair a bhios a' chlann nan suain. Tha cuimhne mhath agam air Barabal. Cha robh i ach deich bliadhna a dh'aois, agus i a' coimhead cho slàn fallain. 'S e buille chruaidh a tha seo.'

Bha Dùghall na thost fhad 's a bha mise a' leughadh na litreach. Bha galar fiabhrasach air tighinn air an teaghlach air fad. Bhuail an tinneas air Barabal gu dona. Chaidh fios a chur gu fear de na lèighean a b' ainmeile ann an Dùn Èideann. Leig e fuil aiste agus thug e purgaid dhi ach cha do mhair i beò.

'Nam bithinn-sa ann gus an cuideachadh,' thuirt Dùghall. 'Sheas Mgr Uallas mo chòraichean aig coinneamhan Comataidh an SSPCK còrr is uair, tha mi cinnteach. Dh'fhaodainn a bhith nam aoghair dhaibh. B' urrainn dhomh cofhurtachd nan Sgriobtairean a thoirt dhaibh. Ach, sin e. Sgrìobhaidh mi litir thuca a-nochd. Cuiridh mi an cèill an truas agus a' cho-fhaireachdainn againn. Saoil am bi e comasach dhuinn an litir a chur gu Dùn Èideann a dh'aithghearr?

'Ciamar a sheasadh druim duine gun chreideamh ri rudeigin mar seo?' lean e air. 'Bidh e na shòlas do na h-Uallasaich gun do dh'oileanaich iad an nighean anns a' chreideamh Chrìosdail le facal agus le gnìomh. Bha gach coltas oirre gun robh i eòlach air an t-Slànaighear. Faodaidh iad a bhith cinnteach gur ann còmhla Ris-san a tha i a-nis.'

Thug Dùghall an aire gun robh deòir a ruith le m' aodann. Chuir e a ghàirdeanan timcheall orm airson mionaid.

'Tha fios agam gur i an fhìrinn a th' agad, a Dhùghaill,' thuirt mi ris, 'ach tha a' chlann againn fhìn cho prìseil dhuinn.'

'Tha. Tha, a ghràidh. A dh'aindeoin creideamh nan Uallasach, bidh iad fo bhròn, fo àmhghar, tha mi cinnteach. San t-suidheachadh uabhasach seo, nì ar faireachdainnean làidir sabaid an aghaidh ar creideimh. Is tric a chunnaic mi e. Sin dìreach mar a tha e dhuinn, mar chreutairean laga bàsmhor.

'Ach feumaidh sinn gabhail ris gun tig an dà chuid subhachas agus dubhachas bho làmh Dhè. Agus ann an gabhail ri A thoil-san, ge be air bith dè cho doirbh 's a bhios sinn ga meas, bidh sinn a' toirt glòir do Dhia. Smaoinich air na rinn ar Slànaighear, a ghabh ri toil Dhè ged a bha e làn-chinnteach gum b' e crois Chalbharaigh a bha roimhe.

'Thig amannan nuair nach urrainn dhuinn toil Dhè a thuigsinn ach feumaidh sinn ar n-earbsa a chur Annsan. Eadhon ged a bheireadh E an fheadhainn a b' annsa leinn bhuainn air na h-adhbharan Aige fhèin, faodaidh sinn sòlas a ghabhail bhon fhiosrachadh gu bheil iad air nèamh còmhla Ris-san, nèamh a tha iongantach aoibhneach thar smaoin.'

Sheas sinn còmhla ri chèile airson greis gus an do bhris fuaim ghuthan òga an t-sìth. Bha coltas ann gun robh connspaid a' tighinn gu bàrr anns an t-seòmar eile.

'Co-dhiù,' arsa Dùghall le fiamh a' ghàire air aodann. 'Dèanamaid gàirdeachas an-dràsta ri ar teaghlach fhèin.'

An oidhche sin, nuair a bha an taigh sàmhach, las sinn coinneal-ghiuthais agus shuidh Dùghall aig a' bhòrd gus an litir a sgrìobhadh. Bha mi an dùil gun toireadh e ùine nach bu bheag bhuaithe na faclan cearta a lorg agus, mar sin, chaidh mi don leabaidh. Mu dheireadh thall, chuala mi e a' smàladh an teine. Thàinig clò-chadal air gu luath agus dh'innis analachadh dhomh gum b' ann aig fois a bha e.

Cha b' fhada gus an robh sinn a' mealtainn co-latha-breith Ealasaid. Bha i naoi bliadhna a dh'aois agus gu math moiteil aiste fhèin. Bha naidheachd bhrònach nan Uallasach a' cur sgleò air ar n-inntinn fhathast ach rinn sinn na b' urrainn dhuinn a bhith aighearach. Nuair a bha sinn uile nar suidhe timcheall air a' bhòrd gus ar biadh a ghabhail, choimhead mi mun cuairt air na h-aodannan agus rinn mi ùrnaigh taingealachd fom anail don Tighearna airson an teaghlach seo a thoirt dhomh. B' e seo rud a dhèanainn gach uile madainn nam bheatha, ach bha am faireachadh cho làidir an oidhche ud. Chrom sinn ar cinn fhad 's a ghabh Dùghall an t-altachadh.

Bha Ealasaid na suidhe eadar mi fhìn agus Dùghall. Mu ar coinneimh, bha Sìne a' cumail sùil gheur air càch. Bha Catrìona aice air a glùin, an tè bheag a' coimhead cho sona sàsaichte. Bha e follaiseach gun robh gràdh mòr eatarra.

Tha cuimhne agam gun robh mi a' meòrachadh air na buannachdan a bha againn ann an Raineach agus sinn cho fad air falbh bho na bailtean-mòra. Bha mi den bheachd gum b' ann anns na bailtean far am biodh na sràidean salach agus a' cur thairis le daoine a bhiodh na galaran gabhaltach a' dèanamh an sgrios a bu mhotha.

Aig an àm sa, cha robh ann ach frith-rathad eadar Ceann

Loch Raineach agus rathad an t-Seanaileir Wade aig Drochaid Choinneachain. Bha sin gu bhith ag atharrachadh anns na mìosan a bha romhainn nuair a thòisich an obair air an rathad ùr. Bha drochaidean rin togail thairis air na h-uillt a' ruith sìos cliathaich Chreag Bhàrr a chum 's gum biodh carbadan-eich a' tighinn chun a' bhaile bhig bhon rathad armailteach anns an àird an ear. B' e an t-Ensign Small a chuir tagraidhean a-steach do Bhòrd nan Oighreachdan airson airgead a phàigheadh cosgais na h-iomairt seo agus rinn e follaiseach e gum b' esan a bhiodh os cionn na h-obrach.

Cha deach mìos seachad an dèidh co-latha-breith Ealasaid mus do dh'innis tinneas-maidne dhomh gun robh mi trom a-rithist.

CAIBIDEIL A CEITHIR-DEUG

Cuairt a Bhoth Chuidir, an Samhradh 1768

THÀINIG AN RATHAD a Cheann Loch Raineach as t-samhradh 1768. Mus tàinig e, dh'fheumamaid coiseachd air slighe eabaraich fad chòig mìltean chun an rathaid armailtich eadar Craoibh agus Dail na Ceàrdaich. Dh'aithnich Coimiseanairean nan Oighreachdan gun robh rathad na b' fhèarr a dhìth air Ceann Loch Raineach agus cha robh an t-Ensign leisg air a' chùis a chur nan cuimhne.

B' e obair mhòr a bha ann rathad a thogail a sheasadh ri carbadan-eich nuair a bha an talamh cho fliuch. Ach bha an Seanailear Wade agus am Màidsear Caulfield air ionnsachadh ciamar a dhèanadh iad sin le soirbheas air feadh na Gàidhealtachd. Bhiodh saighdearan agus luchd-obrach sìobhaltach ag obair còmhla ri chèile air an rathad fhèin agus bhiodh ailtirean agus clachairean a' togail nan drochaidean.

Cha robh an obair ann an Raineach furasta idir. Thòisich an luchd-obrach air a' ghnothach le picean agus sluasaidean. Chladh iad clais leathann fhada, mu thrì troighean air doimhne. Lìon iad bun na claise seo le clachan mòra mus do chuir iad clachan briste agus morghan air a' mhullach. Leis na bha ann de dh'uisge anns a' ghleann, bha e riatanach gum biodh dìgean ann air gach taobh den rathad, air an ceangal ri chèile le guitearan thar uachdar an rathaid. A bharrachd air na guitearan seo, bha ùidh aig an Ensign ann an dòigh ùr a chleachdadh le sàibhearan fon rathad far an ceadaicheadh an talamh. Bha e air sàibhearan mar sin fhaicinn airson a' chiad uair fon rathad eadar Cille Chuimein agus Taighfeachd Ghlinn Eilg.

As t-earrach, bha fios againn gun robh an rathad ùr a' teannadh dlùth rinn. Bha Alasdair agus Iain air am beò-ghlacadh leis an obair agus air an dòigh a bhith a' coimhead air an luchd-obrach. An àite a bhith ag iasgach aig oir an locha, bhiodh iad a' togail orra sìos an gleann agus a' tilleadh le naidheachd air na chunnaic iad. Feumaidh mi aideachadh nach robh mi buileach toilichte mun seo. Bha mi fo iomagain gun fhios nach biodh daoine garbha am measg an luchd-obrach. Ma dh'fhaodte gum biodh feadhainn ann a bha air tilleadh bho thall thairis o chionn ghoirid.

Tha cuimhne agam air latha sònraichte anns a' Chèitean nuair a thàinig Alasdair a-steach a dh'iarraidh cupan bainne do dh'fhear de na saighdearan òga a bha a' faireachdainn tinn. Thug mi cupan bainne dha agus thuirt mi ris gum feumadh e tighinn dhachaigh gun dàil an dèidh don t-saighdear am bainne òl. Rinn e sin agus cha tug mi smaoin air a' chùis tuilleadh.

B' e toiseach nan làithean tranga air an fhearann a bha ann. Cha bhiodh obair-sgoile ri dhèanamh ro dheireadh an fhoghair. Mar sin, chuir Dùghall roimhe gun gabhadh e cuairt a Shrath Eadhair airson latha no dhà. Bha fios agam gun còrdadh e ri Dùghall a bhith air ais anns a' ghleann far an do rugadh e agus a bhith a' faicinn a leth-bhràthar, Donnchadh.

Rinn mi iomradh cheana gun do chaochail màthair Dhùghaill nuair nach robh e ach sia bliadhna a dh'aois. Bliadhna an dèidh sin, phòs athair Màiri Fheargasdan agus bha triùir de theaghlach aca; Iain, Donnchadh agus Cairistìona. Bha naoi bliadhna a dh'aois eadar Dùghall agus Donnchadh ach bha iad glè mheasail air a chèile. Nuair a chaochail an athair agus a fhuair Dùghall sealbh air a' mhuileann, b' e Donnchadh a thug taic dha. Agus nuair a thòisich Dùghall mar mhaighstir-sgoile ann an Raineach, b' e Donnchadh a ghabh còmhnaidh ann an taigh a' mhuilleir agus a dh'obraich air an fhearann. Phòs e Beathag Mhoireach agus bha dithis nighean aca, Cairistìona agus Ceiteag, a bha a-nis còig agus trì bliadhna a dh'aois.

Bha Dùghall air a dhòigh nuair a dhaingnich mi as t-earrach gun robh mi trom a-rithist agus cha robh mi airson innse dha nach robh mi a' faireachdainn gu math idir. Bha an tinneas-maidne air lasachadh ach bhiodh mo cheann goirt cha mhòr fad na h-ùine agus bhiodh mo chasan rag agus air at aig deireadh an latha. Cha robh mi airson sgleò a chur air turas Dhùghaill, ge-tà. Bha mi a' creidsinn gum bithinn ceart gu leòr fhad 's a bha Sìne còmhla rium. Mar sin, dh'fhalbh Dùghall bhon taigh tràth air latha brèagha samhraidh. Thionndaidh e agus smèid e rium mus deach e à fianais don mhadainn.

Choisich e seachad air an luchd-obrach a bha ri an saothair air an rathad ùr agus bheannaich e a' mhadainn dhaibh. An dèidh sin, bha e a' dol aig astar a dh'ionnsaigh Dhrochaid Choinneachain air an rathad ùr, agus e cho rèidh tioram. Thug e sùil thar Uisge Dhùn Alasdair air Sìth Chailleann. Bha a' bheinn cho mòrail, a faileas a' deàlradh bho uachdar an uisge, agus an srath seo cho lusanach gorm, air a chleith bhon t-saoghal mhòr. Ach cò dhiubh a bu bhrèagha, Raineach no Gleann Bhoth Chuidir? Leig e le a smaointean ruith air an turas a bha roimhe.

Chuir e seachad an oidhche ann an Cill Fhinn ann an taigh an Urr Stiùbhairt. Ghabh e deagh bhracaist còmhla ris a' mhinistear agus an teaghlach aige mus do lean e air a shiubhal. Cha robh aige ach ri dusan mìle a choiseachd, agus ràinig e Srath Eadhair tràth air an fheasgar. Bha fàilte chridheil roimhe ann am Muileann Ardaich. Bha Donnchadh agus Beathag air an dòigh Dùghall fhaicinn agus chòrd e riutha a bhith a' gabhail a naidheachd air gach nì a bha a' dol ann an Raineach.

Bha meas mòr aig muinntir Bhoth Chuidir air Dùghall: nuair a chluinneadh iad gum b' ann a' fuireach aig taigh a bhràthar a bha e, bhiodh caraidean a' nochdadh le tiodhlacan de bhiadh, aodach fighte agus pìosan beaga obair-làimhe. Bha Dùghall fhèin toilichte a bhith air ais ann an Ardach ged a bha an t-àite a' dùsgadh a chuimhne, mar a b' àbhaist.

An dèidh dha latha no dhà a chur seachad ag obair anns na h-achaidhean, chuir e roimhe coiseachd suas an gleann gu clachan Bhoth Chuidir. Air an t-slighe, chunnaic e an abhainn dhorch, Abhainn Bhalbhaig, a' ruith gu slaodach na lùban a-null is a-nall air a' ghleann. Bha an abhainn cho ciùin sèimh; rinn e gàire bheag ris fhèin nuair a chuimhnich e gun do theabadh a bhàthadh innte nuair a bha e na bhalach. Chaidh e thairis air an abhainn aig bonn Ghleann Bucaidh, faisg air Loch a' Bheò-thuil agus choisich e a dh'ionnsaigh eaglais na paraiste.

B' e feasgar soilleir blàth a bha ann. Anns an àird an iar, bha Srath Bhoth Chuidir a' blianadh ann an solas na grèine. B' e àite brèagha brèagha a bha ann. Cho luath 's a chunnaic e an eaglais, ge-tà, thàinig a' chuimhne air ais thuige na deann – cuimhne air òige agus air a phàrantan, cuimhne air na làithean a dh'fhalbh.

Air clàr ri taobh doras na h-eaglaise chunnaic e ainm a' mhinisteir a bha cho còir coibhneil ris mus d' fhuair e dearbhachd na chreideamh fhèin: an t-Urr Fionnlagh Feargasdan. Rinn e co-dhùnadh gun rachadh e a-steach don eaglais airson greiseig gus fois a ghabhail. Bha e fionnar am broinn an togalaich agus chòrd e ris a bhith a' tarraing anail de dh'àile an t-seann àite naoimh sin. A dh'aindeoin eachdraidh fhuilteach Bhoth Chuidir, bha an eaglais làn sàmhchaire agus sìthe.

Nuair a dh'fhalbh e bhon eaglais, lean e air gu tuath, suas tron choille gu àite-cruinneachaidh Chlann Labhrainn, Creag an Tuirc. Chan fhàsadh e sgìth den t-sealladh seo gu bràth, a' coimhead chun na h-àirde an iar agus gu Bealach nan Corp. Bha cuimhne mhath aige air làithean òige nuair a choisicheadh e gu mullach a' bhealaich; chitheadh e na slèibhtean casa nan sìneadh fodha agus an t-slighe gu Gleann Falach agus ceann a tuath Loch Laomainn.

Air an rathad air ais a dh'Ardach, chuala e guth a' gairm ainm.

Thionndaidh e agus chunnaic e an t-Urr Feargasdan a' teannadh air na chabhaig.

'A Dhùghaill! An tusa a th' ann?' dh'fhaighnich am ministear, agus anail na uchd. 'Is cinnteach gur e. A dhuine chridhe. Bha mi dìreach a' smaoineachadh ort. Agus a-nis tha thu ann. Is leigheas air sùilean goirte d' fhaicinn. Ciamar a tha thu?'

Bha an t-Urr Feargasdan na sheann duine a-nis ach sùbailte na bhodhaig agus suilbhir na inntinn.

'Tha mi gu dòigheil, a Mhaighstir,' fhreagair Dùghall gu càirdeil, le gàire. 'Ciamar a tha sibh fhèin?'

Shìn Dùghall a làmh don mhinistear agus rug iad air làimh air a chèile. An uair sin, chuir am ministear a ghàirdean timcheall air mar gum b' e Dùghall a mhac fhèin. 'Tha mi gu math, tapadh leat, a Dhùghaill,' thuirt e. 'Carson nach bitheadh agus mise pòsta aig Henrietta Bhochanan! Ach, ciamar a tha Mairead? Agus ciamar a tha do theaghlach? Seachdnar a-nis, nach e?'

''S e. Agus tha iad gu math, tha mi toilichte a ràdh, tapadh leibh.'

'Is mi a tha toilichte sin a chluinntinn. Tha mi cinnteach gu bheil sibh nur beannachd do mhuinntir Raineach. Ach tha sinn gur n-ionndrainn ann am Both Chuidir. Bidh mi a' cuimhneachadh oirbh fa chomhair Cathair Dhè gach uile latha. Agus bidh mi a' toirt taingealachd do Dhia gun do chleachd Esan mo sgilean neo-airidh aig an àm a bha thu feumach air stiùireadh. Agus a-nis, an Tiomnadh Nuadh ùr agus na *Laoidhe Spioradail*. Tha do bhàrdachd ga h-aithris fad is farsaing, tha fios agad. Tha thu nad ghaisgeach dhuinn uile, a Dhùghaill.'

'Tha sibh fialaidh, a Mhaighstir. Chan eil mi cinnteach a bheil mi airidh air…'

'Ò, tha, tha. Tha thu airidh air cliù, gun teagamh. Ach cha bu chòir dhomh a bhith a' cur bacadh ort air latha mar seo agus thu a' mealtainn do dhùthcha fhèin. Tha mi cinnteach gu bheil mòran agad ri dhèanamh. Bidh tu airson ùine a chur seachad ann an cuideachd Dhonnchaidh agus a theaghlaich. Ach 's dòcha gun tigeadh tu air chèilidh orm feasgar a-màireach an dèidh obair an latha, an dèidh dhut do bhiadh a ghabhail. Tha ceist no dhà agam dhut, mar a chluinneas tu a-màireach. Bidh Henrietta air a dòigh d' fhaicinn agus bidh botal clàireit air a' bhòrd mar chomharradh air a' chàirdeas bhlàth a tha eadarainn. Dè chanas tu?'

'Tha sibh ro chòir. Bhiodh e na urram dhomh a bhith a' tadhal oirbh agus air a' Bh-ph Fheargasdan. Beannachd leibh gus an coinnich sinn a-rithist.'

Rug na fir air làimh air a chèile gu dùrachdach agus dhealaich iad.

CAIBIDEIL A CÒIG-DEUG

Ann am Mansa Bhoth Chuidir, an Samhradh 1768

B' E FEASGAR SOILLEIR a bha ann nuair a ghnog Dùghall air doras mansa Bhoth Chuidir, togalach grinn dà-làir. Bha fàilte chridheil a' feitheamh air an dà chuid bhon t-seann mhinistear agus bho a mhnaoi a bha càirdeach do Dhùghall air taobh a h-athar. Chaidh na fir do sheòmar beag a bha làn phàipearan agus leabhraichean. B' e seo seòmar-leughaidh a' mhinisteir. Shuidh na fir sìos aig bòrd ri taobh na h-uinneige. Rinn Dùghall faite-gàire nuair a chunnaic e lethbhreac den Tiomnadh Nuadh agus de na *Laoidhe Spioradail* air a' bhòrd. Bha botail clàireit rin taobh agus dà ghlainne Fhrangach a bha air leth snasail.

'Uill, a Dhùghaill, 's e tlachd shònraichte a tha seo dhòmhsa. Tha mòran agam ri ràdh agus ceist no dhà rim faighneachd dhìot. Ach, an toiseach, nach innis thu dhomh ciamar a tha cùisean ann an Raineach?'

Bha an dithis fhear air an socair còmhla, a' dèanamh còmhradh aig a' bhòrd. Bhruidhinn Dùghall air a theaghlach, air an taigh ùr ann an Ceann Loch Raineach agus air mar a bha an obair aige a' còrdadh ris.

'Agus dè mu dheidhinn an tuarastail agad, on a sguir an SSPCK a thoirt airgead do sgoiltean an t-Sruthain?' dh'fhaighnich am ministear.

'Bidh e a' tighinn à ionmhas Bòrd nan Oighreachdan Dìchòirichte,' fhreagair Dùghall. "S e an t-Ensign Seumas Small a bhios os cionn a' ghnothaich ann an Raineach.'

'An toir sin dùbhlan dhut? Tha mi an dòchas nach bi sibh ann an èiginn a-rithist, nach feum sibh tilleadh a dh'Ardach mar a thachair o chionn beagan bhliadhnaichean.'

'Tha mi an dòchas nach bi,' fhreagair Dùghall. 'Cha chreid mi nach do rinn an t-Ensign tagradh ris a' Bhòrd às mo leth. Nì e a dhìcheall, tha mi cinnteach. Tha na maighstirean-sgoile eile ann an Raineach anns an aon suidheachadh riumsa. Tha na teisteanasan agus na pàipearan mar a bu chòir dhaibh a bhith ach chan eil guth air tuarastal fhathast. Chì sinn ciamar a bhitheas.'

'Chì, gu dearbh. Ach thu fhèin agus an t-Ensign…?'

'Ò, mar as àbhaist,' thuirt Dùghall, gu brònach. 'Tha mi duilich a ràdh nach eil càirdeas blàth eadarainn. 'S dòcha nach bi gu bràth.'

'Na bi gad chronachadh fhèin airson sin, a charaid. Tha mi eòlach ort, agus tha mi eòlach air do chridhe. Tha mi cinnteach gun do chuir thu seachad iomadh uair ag ùrnaigh ma dheidhinn. Tha an Fhìrinn ag innse dhuinn gun cuir gràdh am falach gach uile coire. Ach cha robh duine ann a-riamh aig an robh gràdh gun sal gun smal ach aon, Mac an Athar. Tha sinne uile nar creutairean laga peacach; uaireannan, cha bhi daoine ag obair còmhla gu dòigheil. Bha e follaiseach dhomh bhon toiseach gur e duine daingeann a bh' anns an Ensign, ach, aig an aon àm, tha e sgileil teòma na obair fhèin. Seall air a shinnsirean – cha bhiodh dùil againn ris a chaochladh. Ach bhuannaich thusa anns na h-obraichean a b' àirde. Agus, ma dh'fhaodas mi a ràdh, 's ann agadsa a tha spèis agus gràdh an t-sluaigh.'

Bha na fir nan tost airson mionaid mus do lean am ministear air.

'A-nis. Innis dhomh rudeigin mu Dhùn Èideann. Chualas gun robh na *Moderates* a' cumail smachd air an Àrd-sheanadh. Cha tig math sam bith às, nam bheachd-sa, agus iad a' dol leis gach fasan ùr. Nach ann againne a tha an fhìrinn neo-chaochlaideach? Cha bu chòir dhuinn a bhith a' dèanamh aonta cofhurtail leis an t-saoghal ach a' tairgsinn saoradh agus slàinte Dhè dha.'

'Cha bu chòir. Tha mi ag aontachadh leibh,' fhreagair Dùghall. 'Ach tha Dùn Èideann a' cur thairis le feallsanachd shaoghalta. Tha ceangal làidir eadar an t-Oilthigh agus an Eaglais agus tha e doirbh do na diadhairean cumail ris na seann dòighean. Theagamh gum bi tuilleadh eas-aontachd agus *secession* air thoiseach oirnn fhathast.'

Ghnog am ministear a cheann. 'Tha mi cinnteach, fhad 's a bha thu anns a' bhaile-mhòr, gun do choinnich thu ri mòran dhaoine foghlaimte. Tha sin a' cur rudeigin cudromach nam chuimhne. Am faod mi ceist a chur ort?

'Mar a tha fios agad, tha e na urram dhomh mar mhinistear na paraiste a bhith a' frithealadh nan daoine air a bheil tinneas. A bharrachd air cumhachd na h-ùrnaigh, bidh mi a' toirt comhairle mu leigheas, ach 's ann bochd lag a tha mo sgilean. Co-dhiù, chaidh fios a chur thugam, o chionn beagan mhìosan, gun robh fiabhras air clann nam Feargasdanach air an Ach' Dhubh. Chuir e an t-uabhas orm nuair a thàinig e a-steach orm gur i a' bhreac a bha air a' bhalach a b' òige. Ghabh pàrantan na cloinne an galar sin nuair a bha iad nan deugairean. Uill, ghabh agus mise – tha na làraichean fhathast air m' aodann mar a chì thu. Ach bhuail an tinneas oillteil sin air an t-sianar chloinne a bh' aca agus cha do mhair beò ach an dithis a bu shine. Agus 's ann orrasan a tha na làraichean grànda.

'Bha mi a' dèanamh iomradh air an naidheachd thruaigh seo ann an litir gu mo bhràthair a tha na mhinistear ann an Glaschu. Ghlac na sgrìobh e air ais thugam m' inntinn. Bhiodh fios agad, a Dhùghaill, air beul-aithris na brice. Bhiodh ar sinnsirean a' dìon phàistean le snàth mu chaol an dùirn, snàth a bha air a bhogadh ann am meug-fala duine air an robh a' bhreac. Chuir e iongnadh orm nuair a sgrìobh mo bhràthair air ais thugam leis an naidheachd gur dòcha gu bheil susbaint anns na seann sgeulachdan sin. Tha na lighichean ann an Lunnainn air a bhith ri deasbad air an dearbh rud o chionn ghoirid. An cuala tu facal ma dheidhinn ann an Dùn Èideann?'

'Chuala. Uill, chuala mi deasbad mun bhric,' fhreagair Dùghall. 'Rinn na h-eòlaichean iomradh air opairèisean ris an canadh iad *inoculation*. Gabhaibh mo leisgeul – 's e gnìomh mì-chàilear a th' ann – ach bidh iad a' cur stuth à builg na brice a-steach do ghearraidhean air gàirdeanan phàistean slàna. An ceann seachdain, bidh a' bhreac air na pàistean ach, gu h-àbhaisteach, cha bhi i dona idir. An dèidh sin, tha coltas ann nach bi a' bhreac orra a-chaoidh tuilleadh.'

'Ach is cinnteach gur e seo tiodhlac Dhè, ma-thà', thuirt am ministear. 'A bheil na lighichean nan cabhaig a bhith a' cleachdadh *inoculation* ann an Dùn Èideann?'

'Chan eil.'

'Nach eil?' Chrath am ministear a cheann. 'Ach carson?'

'De na ceudan a fhuair *inoculation*, chaochail pàiste no dhà ach, a bharrachd air sin, bha cunnart nach bu bheag ann don teaghlach agus do na banaltraman aca. Dh'fhaodadh iadsan a bhith a' gabhail na brice gu dona. Tha feadhainn ann a bhios ag ràdh gu bheil *inoculation* a' buntainn ri toil Dhè, eadhon gu bheil e na oilbheum an aghaidh toil Dhè.

'Ach bidh mi a' sireadh tuilleadh fiosrachaidh às ur leth. Tha caraid agam anns an Taigh-eiridinn Rìoghail – Mgr Alasdair Wood, an lannsair ainmeil. Sgrìobhaidh mi thuige. Nam biodh càil as ùr ann mu *inoculation* bhiodh fios aigesan air a' ghnothach. 'S e galar uabhasach a th' anns a' bhric. Nach e a bhiodh math stad a chur oirre!'

'Bhitheadh, gu dearbh,' fhreagair am ministear gu dùrachdach. 'Nam faigheadh tu fiosrachadh ma dheidhinn, bhithinn nad chomain.

'Ach tha mi fada nad chomain, mar-thà, mar a chì thu air a' bhòrd seo. Carson nach fhosgail sinn an Tiomnadh Nuadh air an do dh'obraich thu fhèin? An leugh sinn rann no dhà?'

Thog an t-Urr Feargasdan an leabhar far a' bhùird agus thòisich e air na duilleagan a thionndadh. Cha robh cothrom aige facal a leughadh, ge-tà, mus cuala iad fuaim tron uinneig, cas-cheumannan cabhagach a' tighinn dlùth ri doras-aghaidh a' mhansa. Dh'èirich na fir nan seasamh agus chaidh am ministear a dh'fhaicinn cò a bha ann, Dùghall ceum air a chùlaibh. Bha dithis fhear, goirid anns an anail, nan seasamh anns a' chiaradh – Donnchadh, bràthair Dhùghaill, agus òganach nach b' aithne dhaibh.

'Gabhaibh mo leisgeul, a Mhaighstir,' thuirt Donnchadh, 'ach tha an t-òganach seo air tighinn aig astar à Ceann Loch Raineach gus teachdaireachd chudromach a thoirt do Dhùghall.'

Shìn an t-òganach litir a-nall do Dhùghall.

'Am faod mi a leughadh?' dh'fhaighnich e den mhinistear. ''S ann bho Mhairead a tha i,' arsa Dùghall, a shùilean a' ruith gu luath air na faclan. 'Tha fiabhras air Alasdair. Tha Iain tinn cuideachd. Feumaidh mi falbh gun dàil.'

Thòisich Dùghall air an doras ach thog am ministear a làmh. 'Fuirich mionaid, a Dhùghaill,' thuirt e. ''S dòcha nach e seo an galar air an robh sinn a' bruidhinn idir. Cha bu chòir dhut falbh san dorchadas. Bidh cunnartan ann. Nach gabh thu grèim bìdh fhad 's a thèid mi a thadhal air MacLabhrainn? Tha eich air leth math aige san stàball. Tha mi cinnteach gum biodh an turas agad na b' fhasa agus na bu luaithe air muin eich na air do chasan fhèin.'

''S i an fhìrinn a th' ann,' arsa Donnchadh, agus e a' sealltainn air a bhràthair gu cùramach.

Mheòraich Dùghall airson greis. 'Ceart, ma-thà. Ach tha fadachd orm falbh, mar a thuigeas sibh. An toireadh tu mo mhàileid thugam, a Dhonnchaidh. Agus dè mu dheidhinn an teachdaire òig seo? Tha e airidh air duais.'

'Agus bidh duais aige, na gabh dragh,' arsa Donnchadh. 'Gheibh e biadh agus leabaidh ann an Ardach a-nochd. Tillidh mi leis a' mhàileid agad taobh a-staigh uair a thìde.'

CAIBIDEIL A SIA-DEUG

Ceann Loch Raineach, an Samhradh 1768

CHA B' FHADA GUS an do chuir Henrietta Fheargasdan biadh air a' bhòrd mu choinneimh Dhùghaill. Ghabh e na b' urrainn dha ach cha robh càil bìdh aige: bha e an-fhoiseil leis na bha roimhe. Thill am ministear don mhansa an dèidh dha bruidhinn ri MacLabhrainn. Dh'innis e do Dhùghall gum biodh eich deiseil a dh'aithghearr agus gun rachadh aige air falbh anns a' chamhanaich. Cha robh am ministear airson a dhol mu thàmh agus shuidh na fir còmhla ri chèile air na cathraichean air gach taobh den àite-teine anns an t-seòmar-suidhe. Rinn an t-Urr Feargasdan ùrnaigh. An uair sin, dhùin na fir an sùilean. Cha bhiodh an oidhche fada aig an àm seo den bhliadhna.

Mus do dh'èirich a' ghrian, chuala iad gille-stàbaill MhicLabhrainn agus dà each a' tighinn a dh'ionnsaigh a' mhansa. Bha Dùghall air a chasan anns a' bhad.

Rug na fir air làimh air a chèile.

'A h-uile beannachd ort, a Dhùghaill, agus air do theaghlach. Tha mi an dòchas gun cluinn mi naidheachd mhath bhuat an dèidh beagan làithean.'

'Tapadh leibh airson ur coibhneis, a Mhaighstir. Cuiridh mi brath thugaibh cho luath 's as urrainn dhomh.'

Gun dàil, thug Dùghall agus an gille-stàbaill an rathad orra. Bha MacLabhrainn air eich eireachdail a chur thuige, na h-àigich a b' fheàrr a bha aige na stàball. Dhèanadh iad astar math.

Bhon toiseach, bha coltas ann gun robh na h-eich eòlach air an rathad agus cha robh mòran stiùiridh a dhìth orra. Aig bun gleann Bhoth Chuidir, thionndaidh iad gu tuath. Choisich iad suas Gleann Ogail agus an uair sin rinn iad trotan sìos tro Ghleann Dochard gu Cill Fhinn. Chaidh iad thairis air Abhainn Dochaird agus Abhainn Lòchaidh agus ghabh iad an rathad chun na h-àirde an ear, air bruach Loch Tatha fo mhòrachd Bheinn Labhair. Bha a' ghrian na h-àirde nuair a thionndaidh iad gu tuath, tro Fhartairchill, agus dhìrich iad an rathad armailteach don bhealach os cionn Dhrochaid Choinneachain. Fad na slighe, bha Dùghall fo chùram. Cha robh mòran còmhraidh eadar e fhèin agus an gille ach a-mhàin nuair a stad iad a chum 's gum biodh cothrom aig na h-eich uisge a ghabhail.

Anmoch air an fheasgar, thàinig iad gu Druim a' Chaisteil, mu mhìle an ear air Ceann Loch Raineach. Bha tuathanas faisg air an rathad ùr agus rinn Dùghall comharradh ris a' ghille-stàbaill gum bu chòir dhaibh a dhol ann. Bha Oighrig Dhonnchaidh, bean an tuathanaich, air a cur na faireachadh le comhartaich nan con agus nochd i aig doras an taighe. Ann am facal no dhà, mhìnich Dùghall fàth a thurais dhi agus dh'iarr e oirre frithealadh do dh'fheumannan a' ghille agus nan each.

'Chan fhaod thu tighinn faisg air Ceann Loch Raineach air sgàth an tinneis,' ars esan ris a' ghille-stàbaill. 'Nuair a thig an clachan san t-sealladh, leanaidh mi orm leam fhìn. Feumaidh tu tilleadh an seo. Gheibh thu do bhiadh agus bidh ionaltradh do na h-eich ann. Tha mi fada nad chomain, a charaid òig. Agus tha mi fada an comain MhicLabhrainn, do mhaighstir. An innis thu dha gun sgrìobh mi thuige cho luath 's as urrainn dhomh?'

Beagan mhionaidean an dèidh sin, bha Dùghall a' coiseachd gu cabhagach a dh'ionnsaigh an taighe againn, a chridhe na shlugan leis na bha dùil aige ris.

Cha bu luaithe a nochd e aig doras an taighe na ruith Sìne na chòmhdhail.

'A Shìne,' thuirt e, 'tha mi cho toilichte d' fhaicinn.' Chuir e a ghàirdean timcheall oirre agus thug e fàsgadh dhi. 'Innis dhomh. Dè a dh'èirich dhuibh uile?'

Thug Sìne sùil air Catrìona. Bha i air a bhith na suidhe ri a taobh anns an t-seòmar-còmhnaidh nuair a ràinig Dùghall an taigh. Bha coltas air an nighinn bhig gun robh i na suain na leabaidh. Mar sin, rug Sìne air gàirdean a h-athar agus stiùir i air ais don doras-aghaidh e. Chualas casadaich a' tighinn às an t-seòmar eile.

Nan seasamh taobh a-muigh an dorais-aghaidh, mhìnich Sìne ann an guth ìosal dè a thachair. Cha mhòr gun robh a h-athair air an clachan fhàgail nuair a chuala iad gun robh tinneas air bualadh air teaghlach Dhonnchaidh ann an Drochaid Choinneachain. An ath latha, bha guth air tinneas ann an Druim a' Chaisteil agus, an dearbh fheasgar sin, thòisich Iain agus Alasdair air gearan gun robh an ceann agus an amhach goirt. An dèidh greis, bha fiabhras agus coltas dearg-shùileach orra. Chaidh an cur don leabaidh fhad 's a bha Sìne agus a màthair a' feuchainn ris an fheadhainn a b' òige a chumail air falbh bhuapa anns an t-seòmar-còmhnaidh.

'A bheil broth orra,' dh'fhaighnich Dùghall dhith. 'Chan i a' bhreac a tha orra, an i?'

'Tha broth bàn-dhearg orra,' fhreagair Sìne, 'ach chan eil coltas na brice air idir. 'S i a' chasadaich an rud as miosa. Cha do chaidil iad gu math a-raoir idir air a sgàth. Bha mo mhàthair na suidhe còmhla riutha cha mhòr fad na h-oidhche.'

'Agus ciamar a tha do mhàthair? Càit' a bheil i an-dràsta?'

'Tha i a' gabhail fois anns an sgoil còmhla ri Dùghall, Mairead agus Ealasaid.'

'Feumaidh mi a faicinn mus tèid mi a choimhead air na balaich. An cùm thu fhèin sùil air Catrìona?'

'Cumaidh, athair. Ach, a bheil fios agaibh nach robh mo mhàthair a' faireachdainn gu math fhad 's a bha sibh air falbh bhon taigh? Cha robh fiabhras oirre, idir, ach tha a ceann air a bhith goirt agus tha a casan air a bhith air at aig deireadh an latha.'

Bha Dùghall fo sprochd nuair a chuala e an naidheachd seo agus chrath e a cheann le bròn.

Fhuair e anns an sgoil mi, nam shìneadh air leid, leabaidh-fhraoich, air an làr còmhla ris an triùir a b' òige. Bha sinn air a bhith nar cadal, ach bha Dùghall beag air a chasan anns a' bhad a chunnaic e athair. Chaidh e na dheann-ruith gus fàilte a chur air, le Mairead agus Ealasaid dìreach ceum no dhà air a chùlaibh. Bha iad air an dòigh Dùghall fhaicinn.

Rinn e comharradh rium gun a bhith ag èirigh. Ach nuair a chunnaic e gun robh mi a' dèanamh oidhirp mhòr rim thogail fhèin bhon làr, thàinig e gam chuideachadh. Cha robh mi comasach air gluasad cho luath ris a' chloinn, ach bha mi fìor thoilichte fhaicinn – b' e bliadhna leam gach latha gus an tigeadh e dhachaigh.

Bha e airson fhaighinn a-mach ciamar a bha sinn. Thòisich e air trod rium gu socair airson a bhith nam chaithris leis na balaich a bu shine an oidhche roimhe. Ach dè eile a dhèanainn? Bha e fo iomagain dham thaobh-sa agus a thaobh an leanaibh a bha nam bhroinn.

An dèidh dhomh naidheachd an tinneis innse dha, dh'fhaighnich e dhìom mu mo cheann ghoirt agus mun t-sèideadh a bha air mo chasan.

"S i an fhìrinn a th' agad, a Dhùghaill, ach dh'fhuiling mi, gu ìre air choreigin, leis na h-aon rudan mus do rugadh Catrìona. Cha robh mi airson dragh a chur ort.'

'Carson a chaidh mi a Shrath Eadhair am-bliadhna?' thuirt e, mar gum b' ann ris fhèin a bha e a' bruidhinn. Bha e na thost fad diog no dhà mus do lean e air. 'Thuirt Sìne rium nach eil coltas na brice air na balaich ach gu bheil broth bàn-dhearg orra.'

'Chan i a' bhreac a th' orra idir ach 's e galar eagalach a th' ann a dh'aindeoin sin. Bha fiabhras àrd orra a-raoir agus bha iad a' casadaich agus a' casadaich.' Thuirt mi ris ann an guth ìosal, 'Chuala mi an-dè gun do chaochail Ailean, am mac a b' òige aig Iain Donnchaidh ann an Drochaid Choinneachain, leis an tinneas seo.'

Sheall sinn air a chèile gu h-iomagaineach.

'Feumaidh mi a dhol a choimhead air Alasdair agus Iain. Ach 's dòcha gun dèanadh Sìne cupan teatha dhuinn. Tha pacaid teatha nam mhàileid, tiodhlac bho Henrietta Fheargasdan.'

'Agus bidh feum agad air biadh, tha mi cinnteach. Cuin a ghabh thu do bhiadh mu dheireadh?'

'Anns a' mhansa a-raoir,' fhreagair e le fiamh a' ghàire. 'Cha robh mi airson stad air an t-slighe.'

'Bidh biadh agus teatha deiseil dhut ann am priobadh na sùla, ma-thà,' thuirt mise, a' gabhail a ghàirdein.

Chaidh Dùghall a choimhead air Alasdair agus Iain. Fhuair e claoidhte iad mar a bha e an dùil, ach thug e togail do an cridhe nuair a chunnaic iad gun robh an athair aig an taigh.

Bha Dùghall deimhinnte gun toireadh e cùram do na balaich airson a' chòrr den latha agus fad na h-oidhche a bha romhainn. Bhrosnaich e iad brochan teth agus làgan a ghabhail. Rinn mi fhìn agus Sìne ar dìcheall gus an fheadhainn òga a chumail air falbh bho na h-euslaintich. Ach, mar a thachair, cha do shoirbhich leinn an dìon.

An ath latha, thuirt Dùghall gun robh e den bheachd gun robh piseach a' tighinn, beag air bheag, air na balaich. Cha do mhair ar toileachas fada, ge-tà. Ro dheireadh an latha, bha e follaiseach gun robh Ealasaid, Mairead, Dùghall beag agus Catrìona a' fàs tinn.

Tha e duilich dhomh a bhith a' cur an cèill na thachair thar nan làithean a lean. Tha còrr is dà fhichead bliadhna air dol seachad bhon uair sin ach, biodh sin mar a bhitheadh, chan urrainn dhomh smaoineachadh air gun bhriseadh-cridhe. Tha mo chuimhne fhathast gam chràdhadh. Thàinig an trom-laighe a bu mhiosa a bha agam gu bith.

Bhuail am fiabhras gu cruaidh air an fheadhainn a b' òige. Chuir Dùghall fios chun an Urr Fheargasdain ann am Both Chuidir agus chun an Urr Bissett ann an Lag an Rait. Dh'iarr e orra gun iad a thighinn gu pearsanta idir ach a' chomhairle aca a chur thuige le litir. Anns an eadar-àm, chleachd Dùghall an t-eòlas meidigeach aige fhèin gus cobhair a thoirt don chloinn.

A dh'aindeoin rabhadh Dhùghaill, nochd na ministearan aig doras an taighe aig amannan eadar-dhealaichte thairis air an t-seachdain sin. Mar a thachair, b' e beannachd a bha ann gun tàinig iad: anns na làithean uabhasach sin, thug am bàs Mairead, Dùghall beag agus Catrìona bhuainn.

Bha fiabhras àrd air Ealasaid bhochd agus bha sinn fo iomagain ma deidhinn ach am maireadh i beò. Bha Alasdair agus Iain a' casadaich a latha 's a dh'oidhche ach bha coltas orra gun robh iad air an rathad air ais gu slàinte. B' ann tro dhìomhaireachd an Fhreastail nach do ghabh mi fhìn no Sìne an tinneas.

Bha fios agam gun robh Dùghall briste na chridhe ach bha e a' feuchainn ri bhith calma làidir na ghiùlan gus taic a chumail rinn uile. Ghabh e os làimh e gun rachadh an fheadhainn bheaga a thiodhlacadh ann an Cladh Chille Chonnain. Dh'iarr e air an Urr Bissett, a bha air a' chlann a bhaisteadh anns a' chreideamh Chrìosdail, a bhith an ceann nan ùrnaighean aig an taigh agus aig an uaigh.

Nam inntinn fhìn, bha gathan pian, às-creideamh agus falamhachd a' tighinn thairis orm mu seach. Bha mi cho sgìth. Na bu sgìthe na bha mi a-riamh nam bheatha gu ruige sin. Cha robh ach uair no dhà de chadal air a bhith agam fad grunn làithean. Bha mo cheann goirt, mo chridhe a' bualadh gu luath nam chom agus mo chasan cho trom leis an t-sèideadh a bha annta. Dh'iarr Dùghall orm gu dùrachdach gun rachainn a laighe sìos agus a ghabhail fois.

Nuair a thàinig latha an tiodhlacaidh, cha robh Dùghall airson gabhail ri cuideachad ar nàbaidhean idir. Bha e aige na cheann gun robh cunnart ann gun gabhadh an luchd-caoidh an galar. Aig a cheann thall, thug e cead do dhusan de na fir a bu shine na cisteachan-laighe beaga a ghiùlan. Bha e deimhinnte nach cuireadh e fios gu Donnchadh ann am Both Chuidir ged a bha mi fhìn am beachd gum bu chòir dha.

An dèidh don Urr Bissett ùrnaigh a dhèanamh aig an taigh, dh'fhalbh na fir leis na trì cisteachan a Chille Chonnain air taobh tuath Loch Raineach. Dh'fhàg am ministear an gearran aige ag ionaltradh anns an lios againn agus choisich e còmhla ris na fir a bha a' giùlan nan cisteachan. Aig an taigh, bha mi fhìn agus Sìne ag ùrnaigh gun abhsadh gun tigeadh an Tighearna dlùth ri Dùghall aig uair an tiodhlacaidh agus gun toireadh Esan taic dha.

Nuair a thill an duine agam am feasgar sin, bha e na aonar. Air iarrtas-san, cha do chuir am ministear dàil anns an turas aige air ais a Lag an Rait. Bha guth Dhùghaill gu bhith a' briseadh sìos fhad 's a bha e a' bruidhinn rinn mu choibhneas a' mhinisteir.

Tha amharas orm gun robh Dùghall fhèin a' faireachdainn tinn an latha ud ach, leis a' bhròn a bha air, ma dh'fhaodte nach robh e mothachail dha. A rèir coltais, bha uisge trom ann aig a' chladh a rinn bog fliuch e. Bha e den bheachd gun robh an cnatan air. Ach thàinig e a-steach anns a' bhad orm fhìn agus air Sìne dè a bha a' tachairt. Bha sinn air na comharraidhean ceudna fhaicinn uair is uair o chionn ghoirid. Bha Dùghall a' gabhail an tinneis. Mu dheireadh thall, dh'aidich e gun robh a cheann agus amhach goirt agus gun robh am fiabhras air.

An toiseach, lean an tinneas air an aon chùrsa 's a chunnaic sinn ann an Alasdair agus Iain. Nochd broth bàn-dhearg air a bhodhaig agus bhiodh e a' casadaich gu goirt. Air a' cheathramh latha, ge-tà, thòisich gathan pian air taobh clì a' chlèibh a shàthadh. Chuir e a-mach leann-cuirp air a bhreacadh le fuil dhuirch às a sgamhanan. Dh'iarr mi air nan ceadaicheadh e dhomh fios a chur gu lèigh ach thuirt e rium gum b' fheàrr leis gun dèanainn ùrnaigh dhùrachdach don Tighearna às a leth.

Agus thàinig cobhair. Nochd lèigh aig an taigh. Bha an t-Urr Feargasdan air a bhith fo chùram mu Dhùghall. Mhìnich e an suidheachadh do MhacLabhrainn agus chuir esan fios gu lèigh ann an Calasraid. B' e duine còir coibhneil a bha anns an Dr Mac a' Ghobhainn. Leig e fuil à Dùghall dà thuras agus chuir e dealachan air a chliathaich. Thug e cungaidh-leighis dha gus am fiabhras a thoirt sìos. Tha mi cinnteach gun do rinn e a dhìcheall.

An dèidh don Dr Mac a' Ghobhainn falbh air an t-slighe air ais a Chalasraid, nochd fear eile, fear ris nach robh sinn an dùil idir. Chuala sinn gnogadh air an doras air an fhionnaraidh. Bha mise a' frithealadh do Dhùghall agus chaidh Sìne a dh'fhaicinn cò a bha ann. Thill i agus rinn i cagarsaich nam chluais gun robh an t-Ensign Small na sheasamh aig an doras. Gun fhacal a ràdh, chaidh mi a-mach don lios far an robh e a' feitheamh.

'Tha mi duilich, Ensign, ach tha Dùghall uabhasach tinn le fiabhras. Mar a dh'fhaodas fios a bhith agaibh, chaill sinn Mairead, Dùghall beag agus Catrìona mar-thà. Cha bu chòir dhuibh a bhith an seo. Faodaidh e a bhith gu bheil cunnart ann dhuibh.'

Bha fiamh air aodann Sheumais Small nach fhaca mi a-riamh roimhe: fiamh truasail coibhneil. Bha an ad aige na làmhan, agus iad a' gabhail grèim teann oirre.

'Gabhaibh mo leisgeul, a Bhana-mhaighstir. Chan eil mi airson dragh a chur oirbh. Chuala mi an naidheachd bhrònach. Gabhaibh ri mo cho-fhaireachdainn dhùrachdaich a thaobh ur cloinne. Tha muinntir a' ghlinne air fad fo uabhas mun fhiabhras seo. Ach bu toil leam facal fhaighinn air a' mhaighstir-sgoile, dìreach airson mionaid, nan ceadaicheadh sibh dhomh e.'

'Tha mi a' toirt taing dhuibh, Ensign. Ach b' fheàrr dhuibh gun a bhith a' tighinn a-steach don taigh. Gabhaibh beachd air a' chunnart dhuibh fhèin agus dur teaghlach.'

'Tha fios agam, a Bhana-mhaighstir, ach bha mi am measg nan saighdearan air an robh an tinneas aig an toiseach. Cha chreid mi gu bheil cumhachd aige orm idir. Agus tha rudeigin cudromach agam ri ràdh ris a' Mhaighstir-sgoile. Mas e ur toil e.'

'Ceart gu leòr. Ma tha sibh cinnteach. Am faigh mi mionaid anns an taigh gus an duine agam ullachadh?'

Ghnog Seumas Small a cheann. 'Tapadh leibhse.'

Bha Dùghall socraichte, gu ìre mhaith, agus soilleir na inntinn nuair a dh'innis mi dha mun Ensign. Bha iongnadh air ach dh'aontaich e ri fhaicinn gu toileach.

Chàraich mi an leabaidh a chum 's gum biodh e na shuidhe air càrn chluasagan nuair a thigeadh an t-Ensign a-steach.

'Feasgar math, a Mhgr Bhochanain. Tha mi glè dhuilich ur faicinn cho tinn. Chuala mi gun do chaill sibh…'

'Tapadh leibh airson ur coibhneis, Ensign. Ach tha eagal orm ron àile san t-seòmar seo. Ma dh'fhaodte gum biodh e na chunnart dhuibh.'

'Na biodh eagal oirbh, a Mhgr Bhochanain. Tha mi ag iarraidh bruidhinn ribh air cuspair a tha cudromach dhomh, gu pearsanta. Am faod mi bruidhinn ribh an-dràsta?'

Ghnog Dùghall a cheann.

'Thar nam bliadhnaichean,' lean an t-Ensign air gu dùrachdach, 'chan eil cùisean air a bhith cofhurtail no furasta eadarainn. Ach, bhon toiseach, tha spèis mhòr air a bhith agam oirbh fhèin agus air an obair agaibh ann an Raineach. Tha mi duilich, fìor dhuilich, ma thug mo dhleastanasan agus…' stad e agus tharraing e anail, '… agus mo ghiùlan duilgheadas dhuibh.'

Choimhead Dùghall air an Ensign. Nochd solas blàth na shùilean a dh'aindeoin an àmhghair agus an fhulangais aige fhèin. 'Ma bha duilgheadas sam bith ann,' fhreagair Dùghall, 'tha mi air a chur às mo chuimhne. Agus nam biodh mathanas bhuamsa na bheannachd dhuibhse, a Sheumais, bheirinn dhuibh e bho ìochdar mo chridhe.'

Shìn an t-Ensign a làmh dheas do Dhùghall. Ghabh Dùghall làmh an Ensign na làimh dheis fhèin mus tàinig casadaich a chrath a bhodhaig a-rithist. Chlisg e leis a liuthad pian a bha aige na chliabh.

'Feumaidh sibh falbh a-nis, Ensign,' arsa mise fhad 's a bha mi a' gluasad gu luath gus taic a thoirt do Dhùghall. Chrom Seumas Small a cheann gu sòlaimte agus dh'fhàg e an taigh gun fhacal a bharrachd a ràdh.

Bha mi nam shuidhe ri taobh Dhùghaill rè na h-oidhche dheireannaich aige. Bha e an-fhoiseil breisleachail airson a' mhòrchuid den ùine. Bha e air chrith aig amannan, an uair sin thàinig fallas fuar air. Nuair a bha inntinn soilleir, bha e airson fhaighinn a-mach mun teaghlach. Ciamar a bha mise a' faireachdainn? Ciamar a bha a' chlann? A rèir coltais, bha a leithid de bhruaillean air 's nach robh e a' cuimhneachadh mun triùir a b' òige. Shuath mi aodann agus a mhala gu h-aotrom le searbhadair agus thug mi brosnachadh dha gus beagan uisge a ghabhail.

Nuair nach robh e a' cur cheistean orm, bhiodh a' dèanamh brunndail ris fhèin. Dh'aithnich mi gun robh e ag aithris rannan de na sailm. Dìreach mus do dh'èirich a' ghrian, thòisich e a' casadaich gu goirt agus nochd tomhas fala deirge nach bu bheag na bheul. Bha e a' strì gus anail a tharraing. Chuir mi mo ghàirdean timcheall air gu ciùin agus gu gaolach. Bha a bhodhaig teth gu ìre a bha eagalach. An dèidh greis, thàinig fois air agus chagair e nam chluais le oidhirp mhòir, 'A Mhairead, chì mi an t-Uan, na shuidhe air Cathair a' Ghràis.'

B' iadsan na faclan deireannach a thuirt e rium. Beagan mhionaidean às dèidh sin, dh'fhalbh e bhon bheatha bhàsmhoir seo do ghàirdeanan gràdhach a Shlànaigheir.

CAIBIDEIL A SEACHD-DEUG

An Rathad gu Lànaidh Beag, an t-Ògmhios 1768

B' ANN SOILLEIR FIONNAR a bha a' mhadainn fhad 's a bha na fir a' dèanamh deiseil gu bhith a' falbh le ciste-laighe Dhùghaill air an t-slighe fhada gu Lànaidh Beag faisg air Calasraid.

Thar nan còig làithean on a chaochail e, bha deasbad air a bhith ann eadar muinntir Raineach agus càirdean Dhùghaill à Srath Eadhair air an àite far an rachadh a dhuslach a thiodhlacadh. Bha muinntir Raineach làidir den bheachd gum b' e cladh Chille Chonnain, ri taobh Mairead, Dhùghaill bhig agus Catrìona, an t-àite a bu fhreagarraiche. Bha an cladh aca fhèin aig na Bochanain, ge-tà, ann an Lànaidh Beag faisg air an àite far an do rugadh Dùghall. B' e deireadh na cùise gun do dh'aontaich muinntir Raineach gun rachadh duslach Dhùghaill a thiodhlacadh ri taobh a shinnsirean.

A-mach air ceilearadh nan eun, bha Raineach sàmhach sìtheil an latha ud. Mar chomharradh air a' ghràdh agus an spèis a bha aca air Dùghall, bha sluagh a' ghlinne air stad a chur air gach uile obair. Cha robh fuaim ri chluinntinn fhad 's a bha an luchd-caoidh a' tighinn don taigh.

Bha Sìth Chailleann ri fhaicinn gu soilleir. Bu tric a rinn Dùghall iomradh air cho brèagha 's a bha i air latha samhraidh. Bha an t-seann bheinn air a bhith na fianais air beatha agus obair Dhùghaill ann an Raineach. A-nis, bhiodh i a' cumail sùil air a thuras dheireannach. Dhòmhsa, ge-tà, b' ann suarach a bha àilleantachd na beinne a' mhadainn ud. Bha mo chridhe gu tur falamh.

Chaidh am fiosrachadh mu bhàs Dhùghaill gu luath air feadh Shiorrachd Pheairt. Thàinig daoine – fir, mnathan agus clann – nam mìltean às gach àird den dùthaich gus an do chuir e iongnadh orm. A dh'aindeoin na bha de dh'eagal orra ron tinneas, thàinig na h-inbhich a choimhead gu sàmhach agus le bròn air corp mo chèile, an gnùisean làn co-fhulangais, tuigse agus truais. Mothachail do staid mo shlàinte agus an t-uallach a bha orm, dheasaich boireannaich na coimhearsnachd biadh agus deoch don luchd-caoidh. Bha mi fada fada nan comain.

Bha Donnchadh agus Beathag air tighinn à Both Chuidir dà latha ro-làimh gus taic a thoirt dhuinn. Bha Beathag na cuideachadh mòr leis a' chloinn a bha an dà chuid briste nan cridhe agus troimh-a-chèile: Ealasaid agus coltas oirre gun robh i air a bhith a' caoidh leatha fhèin; Iain agus Alasdair tostach fad às, fo sgàile an tinneis fhathast. Bha Sìne a' feuchainn ri bhith calma, na seasamh ri mo ghualainn, ach bha fios agam gun tigeadh an t-àm nuair a shileadh na deòir.

Shoirbhich leam m' fhaireachdainnean fhìn a chumail fo cheannsal gus an do nochd Alasdair, mo bhràthair, agus Ealasaid, mo phiuthar a b' òige. Cha robh mi air am faicinn on a rugadh Catrìona. Thill cuimhne nan làithean aighearach sin; thug iad a leithid de bhuille orm gun do fhluich mi còta mo bhràthar le mo dheòir.

Chuir luchd-dàimh Dhùghaill seachad an oidhche ron tiodhlacadh ann an taighean agus sabhalan faisg air làimh no air a' bhlàr a-muigh. Aig èirigh na grèine, rinneadh ùrnaighean mus do ghabh na fir am biadh. Mu ochd uairean anns a' mhadainn, thàinig Donnchadh a-steach don t-seòmar far an robh mi nam shuidhe le corp Dhùghaill. Thug e dhomh pìos pàipeir air an robh ainmean nan daoine a bheireadh a' chiste-laighe às an taigh agus a ghiùlaineadh sìos an gleann i. Ghnog mi mo cheann ann an aonta.

Bha fios agam dè bha ri thighinn. Chùm Donnchadh grèim

air mo ghàirdean fhad 's a thug sinn ceum a dh'ionnsaigh na ciste. Sheall mi air aodann fear mo ghràidh airson an turais dheireannaich anns a' bheatha bhàsmhoir seo. Chuir mi pìos anairt ghil gu ciùin air aodann agus dhùin mi mo shùilean. Dh'fhàg sinn an seòmar.

Airson greis, bha sàmhchair mhòr air an taigh. An uair sin, a dh'aindeoin cùram nam fear, chuala mi sgreuchail nan sgriubhaichean fhad 's a bha iad a' teannachadh mullach na ciste. Thog na fir a' chiste-laighe agus ghiùlain iad às an taigh i. Sheas iad nan dà shreath, ann am buidhnean de cheathrar agus ceathrar. Bha turas fada romhpa, còrr is leth-cheud mìle agus dh'fheumadh mòran aca an dleastanas a dhèanamh a' giùlan na ciste. B' aithne dhaibh na dhèanadh iad gun fhacal a ràdh.

Ùine an dèidh an latha ud, dh'innseadh Donnchadh dhomh gun robh sluagh mòr mòr an làthair. Ghabh iad an dearbh shlighe air an do shiubhail Dùghall fhèin air muin eich beagan sheachdainean ro-làimh gus an do ràinig iad bun gleann Bhoth Chuidir. An sin, thionndaidh iad gu deas, sìos bruach Loch Lùdnaig, seachad air Eas Lànaidh chun an t-srath faisg air Calasraid. Aig cladh Lànaidh Bhig, rinn an t-Urr Feargasdan ùrnaigh mus deach a' chiste-laighe a chàradh le làmhan luchd-dàimh Dhùghaill ann an uaigh taobh a-staigh nam ballachan.

Bha Sìne na taic mhòir dhomh air latha an tiodhlacaidh agus anns na làithean a lean. Bha i rim thaobh fhad 's a bha mi a' toirt taing do na daoine a thàinig don taigh gus an co-fhaireachdainn a chur an cèill. Ach, mu dheireadh thall, nuair a dh'fhalbh na càirdean agus an luchd-eòlais, dh'fhàisg sinn a chèile agus shil na deòir nan sruthan gus nach sileadh iad tuilleadh.

Cha dìochuimhnich mi gu bràth coibhneas muinntir Raineach an samhradh ud. Dh'aithnich iad, mar a dh'aithnich mi fhìn, gun robh a' chuairt againn ann an Raineach a' tighinn gu crìch. Bha fios agam nach biomaid a' fantainn ann an taigh spaideil a' mhaighstir-sgoile tuilleadh: bhiodh feum air maighstir-sgoile ùr ron gheamhradh, fear a ghabhadh àite Dhùghaill. Gu fortanach, bha Donnchadh deimhinnte gum b' ann agamsa a bhiodh Ardach, taigh a' mhuilleir ann an Srath Eadhair. Bhiodh esan ag ath-thogail taigh faisg air làimh – bha na ballachan air tuiteam am broinn a chèile ach b' e duine làmhail a bha ann an Donnchadh agus cha b' fhada gus am biodh taigh snog cofhurtail aige. Cha bhiodh esan agus Beathag ach astar beag bhuam.

Bha mi an dùil gun tigeadh an t-Ensign Small a choimhead oirnn a thaobh taigh a' mhaighstir-sgoile. Nochd e taobh a-staigh cola-deug. Bha e coibhneil dùrachdach na ghiùlan. 'A Bh-mhgr Bhochanan,' thuirt e, 'tha mi a' toirt mo cho-fhaireachdainn dhuibh. Tha mi gu dearbh duilich. Am faod mi an spèis mhòr a bha agus a tha agam do Mhgr Bochanan a chur an cèill a-rithist. Bu mhòr a' bhuaidh a bh' aige air inntinn agus cridhe muinntir Raineach.'

'Tapadh leibhse, Ensign,' fhreagair mise. ''S ann fialaidh còir a tha ur faclan. Agus tha cuimhne mhath agam gun robh meas mòr aigesan air na leasachaidhean a rinn sibh fhèin air àiteachas agus air na coilltean. Bha sibh coibhneil a bhith a' tadhal air, am feasgar deireannach ud. Bha e cudromach dha.'

'Tha mi duilich gun robh mo dhleastanasan…' Bha mòran aige ri ràdh ach stad e nuair a chunnaic e na deòir a' tighinn gu mo shùilean.

'Tha mi air litir a chur gu Bòrd nan Oighreachdan gus an suidheachadh a mhìneachadh,' thuirt e.

'Tapadh leibh, Ensign. A thaobh an taighe seo, tha mi an dòchas gum faod mi fantainn seachdain eile. Bidh sinn deiseil airson gluasad air ais a Shrath Eadhair a dh'aithghearr.'

Chuir na facail seo iongnadh air. 'Cha ruigeadh a leas cabhag a bhith oirbh, a Bhana-mhaighstir. Chan fheum sibh gluasad gus am beirear an leanabh – b' e sin na mhol mi don Bhòrd. Chun na h-uarach sin, 's ann agaibhse a tha an taigh seo. Tha mi an dùil gun toir e mìos no dhà mus suidhich sinn maighstir-sgoile eile. Nì mi cinnteach gum bi taigh eile ann dhàsan, co-dhiù. Tha e ro thràth a bhith a' bruidhinn ma deidhinn, ach tha obair agaibh fhèin an seo, a' teagasg snìomh agus 's dòcha, nuair a thig an leanabh, gum bi sibh airson fuireach ann an Raineach agus cumail oirbh leis an obair chudromaich sin.'

'Tha sibh ro chòir, Ensign. Ach, a dh'aindeoin gràdh agus taic an t-sluaigh seo, bidh mi nas cofhurtaile am measg luchd-dàimh Dhùghaill ann an Srath Eadhair. Bidh taigh a' mhuilleir agam agus bidh bràthair Dhùghaill faisg air làimh gus mo chuideachadh. Ach tha mi taingeil dhuibh.'

'Tha mi a' tuigsinn, a Bhana-mhaighstir. Ach nam biodh rud sam bith a dhìth oirbh, bhithinn toilichte a chluinntinn bhuaibh. Cuiribh fios thugam, mas e ur toil e.'

Chrom e a cheann agus thionndaidh e airson falbh. 'Mairidh an duine agaibh gu bràth ann an cuimhne muinntir Raineach.'

Dh'aithnich mi air na sùilean aige gun tàinig na faclan bhon chridhe.

Chùm Seumas Small ri a ghealladh. Mar sin dheth, dh'aontaich mi ri fuireach ann an taigh a' mhaighstir-sgoile gus an do rugadh Eilidh. Thadhail e oirnn gach madainn Dihaoine feuch an robh feum againn air rud sam bith. Thug e cobhair dhuinn aig toiseach an earraich nuair a thàinig Donnchadh le carbad-eich airson an àirneis againn imrich. Anns an dealachadh, rug e air làimh orm fhìn agus air Donnchadh.

B' e sin an turas mu dheireadh a chunnaic mi an t-Ensign Seumas Small.

CAIBIDEIL A H-OCHD-DEUG

Ardach, Srath Eadhair, am Foghar 1810

MAR A DH'FHÀS mi mòr-thorrach am foghar ud ann an 1768, bhiodh sgìths uabhasach orm agus chaidh an sèideadh nam chasan am miosad. Bha e na fhaothachadh dhomh nuair a thòisich na piantan agus a bha mi ri mo shaothair.

Rugadh nighean bhrèagha, Eilidh, ann an Ceann Loch Raineach air an 25mh latha den Dàmhair agus ged a bha i meanbh bha i fallain. Leanabh coileanta – nach b' e Dùghall a bhiodh moiteil aiste. Bhaisteadh i leis an Urr Donnchadh MacAbhra ann am Fartairchill air a' chiad latha den t-Samhain.

Dh'fhalbh sinn bhon taigh againn anns a' Mhàrt, 1769. Thug e togail do ar cridhe nuair a thàinig Donnchadh le carbad-eich gus ar cuideachadh. Cha rachadh againn air a' chùis a dhèanamh às aonais-san. Leig sinn ar beannachdan le ar nàbaidhean aig èirigh na grèine air madainn thioraim shoilleir agus ghabh sinn sìos an rathad chun na h-àirde an ear. Thug mi sùil air ais air an taigh airson an turais dheireannaich. Bha e cho làn chuimhneachan: cuimhneachain an dà shamhradh a bha againn ann an Ceann Loch Raineach. Shil na deòir airson greis.

Shuidh mise air a' charbad, Eilidh suainte nam uchd, agus dh'fheuch a' chlann ri coiseachd ri a thaobh mar a b' urrainn dhaibh. Bha àite beag ann air muin a' charbaid far am faodadh iad an anail a leigeil air càrn phlaideachan, duine mu seach, nam biodh iad a' fàs sgìth.

Fhuair sinn tàmh na h-oidhche ann am Fartairchill aig deireadh ciad latha an turais againn. Air an dàrna oidhche, bha sinn a' fuireach ann an taigh an Urr Stiùbhairt ann an Cill Fhinn. Bha na deòir a' sileadh a-rithist nuair a ràinig sinn Ardach mu dheireadh thall: bha sinn air ar ceann-uidhe a ruigsinn agus bha fàilte bhlàth romhainn.

Bha an taigh deiseil dhuinn, sgiobalta cofhurtail mar thoradh air an obair a rinn Donnchadh agus Beathag air. Bha iadsan gu bhith nam beannachd dhuinn cha mhòr gach latha thar nan seachdainean a bha romhainn. Cha b' fhada idir gus an robh sinn air ar suidheachadh anns a' choimhearsnachd ghràdhaich sin. Ged nach robh an t-Urr Feargasdan cho sgairteil 's a bha e, b' e fìor charaid dhuinn a bha ann agus b' àbhaist dha a bhith a' tadhal oirnn gu cunbhalach. Bha comhairle ghlic an duine dhiadhaidh seo na sòlas mòr dhomh. Ach, ann an 1772, fhuair e an cuireadh nach gabh diùltadh agus dh'fhalbh e bhon bheatha aimsireil seo. Anns na bliadhnaichean roimhe sin, ge-tà, thug e *inoculation* don chloinn air feadh Bhoth Chuidir agus cha chualas guth air a' bhric anns an sgìre seo bhon uair sin. Nach b' esan a bhiodh air a dhòigh leis an *vaccination* a leasaich an Dr Jenner o chionn beagan bhliadhnaichean.

Bha sinn toilichte a bhith a' fuireach ann an Ardach. Gu fortanach, cha do chuir Eilidh cùram orm idir. B' e leanabh ciùin sona a bha innte. Bha Sìne na cuideachadh mòr dhomh a' coimhead às a dèidh: ma dh'fhaodte gun robh Eilidh a' gabhail àite Catrìona na cridhe.

Bha bròn thar smuain ri thighinn thugainn a-rithist, ge-tà. Cha robh Alasdair air a bhith gu buileach slàn on a bha an tinneas air ann an Raineach. Bha e sgìth fad na h-ùine agus bha e buailteach a bhith a' casadaich nuair a bha a' ghaoth fuar. Anns a' gheamhradh ann an 1770, bha fiabhras air a-rithist. Chaidh a thoirt bhuainn leis an Tighearna a chum 's gum biodh e còmhla ri athair, a bhràthair agus a pheathraichean.

Mar a chaidh na bliadhnaichean seachad, dh'fhalbh an fheadhainn eile gu toileach gus an t-slighe aca fhèin a lorg anns an t-saoghal mhòr. Chaidh Sìne air falbh an toiseach, ach dìreach gu Taigh Lànaidh far an d' fhuair i obair mar bhana-riaghladair don chloinn. Ann an 1776, nuair a bha i trì bliadhna air fhichead a dh'aois, chaidh a pòsadh ri Seòras Lawson agus ghabh iad còmhnaidh ann an Calasraid. Anns an aon bhliadhna, chaidh Iain a Dhùn Èideann an ceann ceàirde mar shaor le taic bho Mhgr Reid, seann charaid do Dhùghall. Is math a rinn Iain anns an obair sin ged nach eil e làidir na bhodhaig. A rèir coltais, tha am baile-mòr a' tighinn ris.

Chaidh Ealasaid a Dhùn Phris far an robh i an ceann a cosnaidh mar chompanach do sheann mhnaoi bheairtich a bha eòlach air mo phàrantan fhìn. Cha b' fhada gus an deach a cur an aithne a' Mhàidseir Dhonnchaidh Chaimbeil. Phòs iad agus tha iad a' fuireach a-nis faisg air a' bhaile shnog ud.

Mu dheireadh, dh'fhalbh Eilidh nuair a phòs i Uilleam Kirke, a tha na gheamair do Dhiùc Mhontròis. Bhiodh Dùghall toilichte nam faiceadh e cho sona sàsaichte 's a tha a' chlann agus an seachdnar oghaichean againn.

Mus do dh'fhàg an teaghlach an taigh, bhiodh cuimhne an athar a' toirt buaidh orra a h-uile latha. Ghabhamaid an Leabhar còmhla gach madainn agus gach oidhche, agus dhèanamaid ùrnaigh air ar glùinean mus rachamaid a chadal. Tha sinn uile sàbhailte tèarainte anns a' chreideamh Chrìosdail agus tha fios agam gum bi Sìne, Ealasaid agus Eilidh a' teagasg na cloinne aca fhèin anns an aon dòigh. 'S e sòlas thar tomhais a tha sin dhomh.

Bidh Iain a' tighinn dhachaigh a thadhal orm cho tric 's as urrainn dha. 'S e mac dìleas a tha ann. Bidh sgeulachdan aige mu Dhùn Èideann, mu na caraidean agus an luchd-eòlais a tha aige mar thoradh air obair agus air an Eaglais Ghàidhealaich. An dèidh do Dhùghall falbh bhon bhaile-mhòr ann an 1767, shuidhich an SSPCK ceistear, Iòsaph Dhonnchaidh, airson leas nan Gàidheal ann an Dùn Èideann. An dèidh greis, chaidh òrdachadh mar mhinistear ann an Eaglais na h-Alba. Coltach ri Dùghall, b' ann à Siorrachd Pheairt a bha Iòsaph Dhonnchaidh agus bha fuil Chlann Ghriogair a' ruith na chuislean. Nuair a thog na h-ùghdarrasan toirmeasg sloinneadh MhicGriogair, dh'atharraich e ainm cinnidh anns a' bhad agus, bho 1782 a-mach, bhiodhte ga fhaicinn a' gabhail cuairt timcheall air baile Dhùn Èideann sgeadaichte gu moiteil ann am breacan a shinnsirean. Nuair a chaochail e ann an 1801, ghabh an t-Urr Seumas MacLachlainn àite. Tha mi air mo dhòigh a bhith a' cluinntinn bho Iain mar a bhios an coitheanal a' fàs agus mar a tha iad socraichte a-nis anns an eaglais aca fhèin ann an Caigeann a' Chaisteil.

Tha Iain air a bhith ag obair air na togalaichean ùra spaideil ann am Baile Ùr Dhùn Èideann. Tha sràidean gan togail tuath air Sràid nam Prionnsachan agus tha fèill mhòr ann air saorsainneachd. Tha obair ri dhèanamh cuideachd ann an taighean nan clò-bhualadairean, gnìomhachas a tha fhathast a' dol am meud anns a' bhaile-mhòr. Is truagh ri aithris nach eil Uilleam Smellie, am fear òg air an robh Dùghall eòlach, beò fhathast. Choisinn e cliù dha fhèin agus do Dhùn Èideann mar chlò-bhualadair agus mar fhoillsichear ach dh'fhaodadh e a bhith gun do chuir a bheachdan poilitigeach bacadh air adhartas ann an iomairtean eile. Bha e ag amas a bhith na Àrd-ollamh ann an Eachdraidh Nàdair ann an Oilthigh Dhùn Èideann, ach b' ann air an Urr Iain Tàillear a chaidh an duais sin a bhuileachadh.

Chuala mi fiosrachadh mu dheidhinn an Ensign Sheumais Small bho charaidean ann an Cill Fhinn. Mar a bhiodhte an dùil, lean e air le obair ann an Raineach an dèidh dhuinn an sgìre fhàgail. Bha esan agus a bhean, Katherine Dhonnchaidh, a' gabhail còmhnaidh gu sona còmhla ri an teaghlach ann an Càraidh an Ear. Ach fhuair iad briseadh-cridhe nuair a chaochail am mac, Pàdraig, mus robh e fichead bliadhna a dh'aois. Tha mi toilichte gun do ràinig an ceathrar nighean inbheachd: chaidh tè aca, Susan, a phòsadh ri Mgr Teàrlach Spalding à Dùn Èideann, duine uasal a dh'fhàs gu bhith ainmeil airson an *diving bell* a leasachadh.

Chùm an t-Ensign air gu dìoghrasach a' brosnachadh atharrachaidhean air dòighean-obrach an fhearainn gus an tàinig an *dropsy* air ann an 1777 nuair a bha e leth-cheud bliadhna 's a còig a dh'aois. Cha do ghabh e gu toileach ris a' chuing a chuir an tinneas sin air. Mar sin dheth, chuir e roimhe a dhol a Bhuxton ann an Siorrachd Derby far an robh na h-uisgeachan ainmeil airson an cumhachd leighis. Bha e an dùil coinneacheadh ri Alasdair, a bhràthair, ann an Sasainn. Ach cha do ràinig e Buxton idir. Fhad 's a bha e a' siubhal gu deas, dh'fhàs an *dropsy* gu bhith na bu mhiosa. Bha aige ri stad ann an Chorley ann an Siorrachd Lancaster far an do chaochail e. Chaidh a thiodhlacadh ann an cladh Eaglais Naomh Laurence aig seachd uairean anns a' mhadainn. Cha robh duine ann gus a chaoidh.

Chuir an sgeul sin fo bhròn mi. Na dhòigh fhèin, b' e duine air leth a bha ann an Seumas Small. Dh'obraich e gu dìcheallach ann an Raineach fad ùine mhòir airson buannachd an t-sluaigh. Mar thoradh air na leasachaidhean a stiùir e, bha am fearann mòran na bu torraiche agus an dòigh-beatha tòrr na b' fheàrr na bha iad air a bhith a-riamh roimhe. Dh'fheumte a ràdh, ge-tà, nach do bhlàthaich muinntir Raineach dha ionnsaigh idir. Cha do chaill e a-riamh giùlan an t-Saighdeir Dheirg agus bha e na bu chofhurtaile am measg nan seann saighdearan a shuidhich e fhèin air pìosan fearainn anns a' ghleann na bha e ann an cuideachd na tuatha.

Gun teagamh, bha e na cho-obraiche còmhla ri Dùghall ann an linn nan caochlaidhean mòra. Bha gach fear dhiubh a' dèanamh a dhìchill airson math an t-sluaigh: Dùghall ann an raointean a' chreideimh Chrìosdail agus an fhoghlaim, Seumas Small ann an àiteachas agus taigheadas. Ach nam b' e co-obraichean a bha annta ann an obair mhòir, cha b' ionnan iad idir aig crìch am beatha: Dùghall air a ghiùlan gu Lànaidh Beag le ceudan de dhaoine, agus mìltean ga chaoidh; tiodhlacadh Sheumais Small gun neach sam bith càirdeach dha an làthair. Chan eil mi a' dèanamh tàire air an Ensign leis an smaoin seo, ach dìreach a' meòrachadh air neònachas beatha mac an duine. Bidh buaidh mhòr an dà chuid aig obair Dhùghaill agus aig obair an Ensign anns na bliadhnaichean a tha romhainn. 'S e ginealaich a bhios fhathast ri thighinn a bhios gam measadh gu cothromach. Chan urrainn dhuinne ach tomhas a dhèanamh.

Tha mi a' sgrìobhadh nam faclan deireannach seo aig a' bhòrd ann an Ardach, an Tiomnadh Nuadh agus na *Laoidhe Spioradail* ri mo thaobh: tha mi an dòchas nach tèid na h-oidhirpean a rinn Dùghall orra à cuimhne. Mhair an t-Urr Stiùbhart à Cill Fhinn beò airson fichead bliadhna an dèidh bàs Dhùghaill. Thar nam bliadhnaichean sin, mhol e grunn atharrachaidhean agus leasachaidhean ann an eadar-theangachadh an Tiomnaidh Nuaidh. Thug a mhac, an Dr Iain Stiùbhart, gu buil iad anns an dàrna eagran ann an 1796. Nach b' e Dùghall a bhiodh toilichte sin fhaicinn, gun luaidh air a' Bhìoball Naomh air fad anns a' Ghàidhlig a chaidh a chlò-bhualadh o chionn bliadhna no dhà.

Bha Dùghall agus Ruairidh Ceanadach ceart. Bhrosnaich na Sgrìobtairean seo leasachaidhean ann am foghlam Gàidhlig. On a chaidh an earrann mu dheireadh den t-Seann Tiomnadh fhoillseachadh ann an 1801, nochd iomairtean ùra airson barrachd taic a thoirt don Ghàidhlig anns na sgoiltean. Chuala mi bho Iain gun robh duine uasal, Crìsdean MacGillAnndrais mar ainm, a' bruidhinn air buidheann ùr a stèidheachadh airson seo a thoirt gu buil. Bidh iad a' cantail Comann Sgoiltean Gàidhlig Dhùn Èideann rithe.

B' àbhaist do Ruairidh a bhith a' tadhal orm ann an Srath Eadhair bho àm gu àm. Ach, ann an 1804, nuair a bha e trì fichead bliadhna 's a trì-deug a dh'aois, chaidh a ghoirteachadh nuair a thuit e gu làr. Chaill e a mhisneachd gu ìre mhòir agus cha d' fhuair e air ais a-rithist i. Tha e na iongnadh dhomh gu bheil e a' teagasg fhathast ann am Fionnaird le cuideachadh Iain

Stiùbhairt. Shaoilinn gum b' e Ruairidh an tidsear a b' fhaide a rinn seirbheis don SSPCK.

Ged a bhios atharrachaidhean rim faicinn anns a' Bhìoball Ghàidhlig anns na bliadhnaichean a tha romhainn, cha bhi anns na *Laoidhe Spioradail*. Gu h-iongantach, tha sia eagrain air nochdadh on a fhuair mi an lethbhreac agam fhìn bho Dhùghall, agus bidh eagran ùr ri thighinn an ath-bhliadhna. Chuala mi às gach àird gu bheil na laoidhean seo aig mòran dhaoine air an teanga agus gum bi iad rin aithris ann an taighean-cèilidh agus ann an dachaighean air feadh na Gàidhealtachd. Nach math an obair a rinn Dùghall don Tighearna anns a' bhàrdachd seo. 'S e teisteanas a tha ann da chreideamh.

Bhiodh Dùghall toilichte leis an fhiosrachadh seo ged nach gabhabh e mòran suime ann am moladh a cho-chreutairean no ann an luach nithean diombuan bàsmhor. Bidh cuimhne agam gu tric air na rannan drùidhteach mu bhrisgead maise thalmhaidh:

Ceart mar an ròs ata sa ghàrr,
Seargaidh a bhlàth nuair thèid a bhuain,
Mun gann a ghlacas tu e 'd làimh,
Trèigidh àile e 's a shnuadh.[3]

Ri mo thaobh, le a chùl ri balla an taighe, tha am preas mòr a rinn Dùghall le a làmhan fhèin, a' cleachdadh pìosan fiodh-daraich air nach robh feum fhad 's a bha an taigh ann an Druim a' Chaisteil ga leasachadh. B' e saor sgileil a bha ann an Dùghall ged a bha a bhuadhan eile a' cur sgàil air sin. Ged a tha e leth-cheud bliadhna a dh'aois, tha am preas grinn seasmhach fhathast. Tha mòran de làmh-sgrìobhainnean Dhùghaill na bhroinn: bàrdachd gun fhoillseachadh, aistean agus seòrsa de leabhar-latha a sgrìobh e mu na bliadhnaichean eadar 1742 agus 1750. Tha iad mar ionmhas

---

[3] À *Laoidhean Spioradail Dhùghaill Bhochanain* air a dheasachadh le Dòmhnall E Meek (Comann Litreachas Gàidhlig na h-Alba, 2015). Faic Iar-fhacal an Ùghdair.

dhomh agus bidh mi gan leughadh ri taobh an teine air an oidhche. Tha mi an dòchas gum bi Iain a' coimhead às an dèidh nuair nach bi mise comasach air a dhèanamh.

Bidh mi a' meòrachadh gu tric air a' cheist seo: dè tuilleadh a dh'fhaodadh Dùghall a dhèanamh nam maireadh e beò, nam biodh bliadhnaichean a bharrachd air an ceadachadh dha? Ach chan eil ann an seo ach faoineas. Nuair a thug an Tighearna an duine agam dhachaigh, dh'fheumadh e a bhith gun robh obair thalmhaidh air a coileanadh. Bha sinn le chèile an-còmhnaidh den aon inntinn mu ghliocas toil Dhè. Ghabh sinn ris gu h-iomlan. Ach, dh'fheumainn aideachadh gum b' e buille chruaidh a bha ann dhòmhsa nuair nach d' fhuair sinn uimhir 's cothrom gus a' chlann againn a chaoidh còmhla ri chèile mus deach e fhèin a thoirt bhuam.

Ged a ghabh mi ri toil Dhè, bha mo bheatha agus mo shaoghal air an cur bun-os-cionn nuair a chaochail Dùghall. Chaidh mo chur am breislich. Bha e dìreach mar a thuirt e rium nuair a fhuair sinn fios mu dheidhinn bàs nighean Mhgr Uallais: bidh ar faireachdainnean làidir agus ar fearg a' sabaid an aghaidh ar creideimh nuair a bhios sinn fo bhròn agus àmhghar.

B' i an fhìrinn a bha aige an sin. Ged a bha mi a' feuchainn ri bhith nam Chrìosdaidh dìleas, bu tric a thug mo laigse fhìn buaidh orm. Tha mi air mo nàrachadh a-nis aideachadh gun do ghèill mi ri dòrainn fhèineil. Bha mi air mo thilgeil sìos gun spionnadh sam bith a thogadh suas mi. Bha fearg orm ri Dia a chionn 's gun robh E air an fheadhainn a b' ionmhainn leam a thoirt bhuam. Bha fearg orm rium fhìn nach robh mi air cùram na b' fhèarr a thoirt dhaibh.

Thàinig na faireachdainnean eadar-dhealaichte seo orm mar ioma-ghaoith. Eatarra, bha fèath ann, fèath falamhachd an spioraid agus an eu-dòchais. Bhithinn air na bha agam den t-saoghal a thoirt airson mòmaid eile còmhla ris an fheadhainn a chaill mi, a chum 's gum faodainn innse dhaibh dè cho mòr 's a bha, agus a tha, an gràdh agam orra.

Anns na làithean nuair a bha mi fon bhròn ana-measarra sin, bhiodh Dùghall air a bhith luath gam cheartachadh. Bhiodh e air a chur nam chuimhne nach eil anns an sgaradh againn ach dealachadh airson tiotan. Bhiomaid a' coinneachadh a dh'aithghearr, mar a thug an Slànaighear gealladh dhuinn, anns an àite far an tiormaicheadh Dia gach deur bho ar sùilean; agus cha bhiodh bàs ann na bu mhotha, no bròn, no èigheach.

Ach thugadh Dùghall bhuam. Agus às aonais a ghràidh agus a chomhairle, bha mi lag. Rinn mi ùrnaigh don Tighearna gu dùrachdach airson A chuideachaidh ged a bha mi teagmhach aig amannan an cuala E mi no nach cuala. Ri ùine, ge-tà, dh'ionnsaich mi gun robh E air cobhair a thoirt dhomh a-cheana, nar cloinn a bha fhathast beò. Nuair a thàinig an oidhche a bu duirche, chùm mi orm air an sgàth-san. B' e mo dhleastanasan màthaireil a thug togail dhomh nam dhoilgheas; uaireannan, fhad 's a bha mi trang ri obair-taighe, chaidh am pian à cuimhne airson greis.

Thar nam bliadhnaichean, thàinig e a-steach orm, mar a thàinig e a-steach air a liuthad màthair ro mo linn-sa, gur e obair mhall a tha ann an caoidh. Agus, mar iadsan, tha fios agam nach tèid mo leigeil fa sgaoil bho phian agus bho bhròn a-chaoidh. Ciamar a dh'fhaodadh e a bhith air a chaochladh? 'S ann a tha gràdh mòr agam fhathast air an fheadhainn a chaill mi. Tha an aodannan, òg agus làn beatha, cho soilleir air clàr mo chuimhne.

Tha mi a' gabhail ri mo shuidheachadh. Feumaidh mi dol air adhart a' giùlan mo phian. Air sgàth na cloinne. Mar chuimhneachan air Dùghall. Gu dearbh, aig amannan, 's e an t-àmhghar seo an ceangal as treasa agus as seasmhaiche a tha agam riutha: chan eil mi airson leigeil leis falbh. Nan dèanainn sin, bhithinn a' dol às àicheadh a' ghràidh agam. An gràdh a tha agam orra agus a bhios agam orra gu bràth.

Ach 's ann dìleas a tha an Tighearna. Le gliocas na seann aoise, 's urrainn dhomh A làmh fhaicinn gu soilleir ag obair tro mo bheatha. Dh'èist E rim ùrnaighean agus thug E freagairt dom athchuingean. Chuir e an uiread de dhaoine còire gràdhach chun an dorais agam gus cobhair agus comhairle a thoirt dhomh. Cheadaich e dhomh na bliadhnaichean gus am faicinn a' chlann againn suidhichte agus na h-oghaichean againn a' fàs suas.

'S dòcha gu bheil mi a' tuigsinn a-nis, an dà chuid nam chridhe agus nam inntinn, a' chreideimh Chrìosdail a stiùir beatha Dhùghaill: a' chinnt gu bheil gràdh agus tròcair Dhè an-còmhnaidh ceithir thimcheall oirnn. Tron t-Slànaighear air an robh esan eòlach, is aithne dhomh aoibhneas agus sìth. Tha mi taingeil airson na beatha a thug E dhomh.

Iar-fhacal an Ùghdair

THA NA PRÌOMH charactaran agus cuid de na prìomh thachartasan anns an sgeulachd seo fìor. Ach, le bhith ag ràdh sin, 's e nobhail eachdraidheil a tha anns an leabhar seo: 's e toradh mac-meanmainn an ùghdair a tha ann. Rinneadh an fhìrinn, cho fad 's as aithne dhuinn i, freagarrach do ruith an uirsgeil.

Chaochail Mairead Brisbane ann an Ardach, Srath Eadhair, ann an 1824. Bha i pòsta aig Dùghall Bochanan (1716–1768) airson naoi bliadhna deug. Ma dh'fhaodte gun robh i air a baisteadh ann an Camas, Siorrachd Dhùn Breatann an Ear, ann an 1731. Ma tha sin fìor, bha i naochad 's a dhà no naochad 's a trì nuair a chaochail i.

Airson mion-phuingean beatha Dhùghaill Bhochanain, tha mi fada an comain an leabhair *Laoidhean Spioradail Dhùghaill Bhochanain* air a dheasachadh le Dòmhnall E Meek (Comann Litreachas Gàidhlig na h-Alba, 2015). A thaobh breith Eilidh Bhochanain anns an Dàmhair 1768, ge-tà, ghabh mi ris an fhiosrachadh a sgrìobh an t-Urr Alan Sinclair anns an leabhar *Reminiscences of the Life and Labours of Dugald Buchanan with his Spiritual Songs* (MacLachlan agus Stewart, 1885) – bha e freagarrach do ruith na sgeulachd.

Tha mi an comain an uilt 'MacMhaighstir Alasdair in Rannoch: A Reconstruction' le Ronald Black (*Transactions of the Gaelic Society of Inverness* LIX, 1996), airson fiosrachadh mu bheatha Sheumais Small. Chaidh an aithris air a' chùis-lagha anns an robh e an sàs fhoillseachadh ann an 1754 (*The Scots Magazine* XVI, 1754). B' e saighdear air leth cliùiteach a bha na bhràthair, Iain. Tha e ri fhaicinn ann an teis-meadhan na deilbhe, *The Death of General Warren at the Battle of Bunker's Hill* (c. 1815) le John Turnbull.

B' e lannsair car annasach na dhòighean pearsanta a bha ann an Alasdair "Sandaidh" Wood. Choisinn e cliù dha fhèin mar lannsair sgileil, ge-tà, agus fhritheil e do Raibeart Burns nuair a thuit am bàrd far coidse agus a chaidh tè de a ghlùinean a leòn. Tha aithrisean air an lannsair rin lorg ann an *Kay's Portraits*

(Paton, 1838) agus anns an leabhar *Surgeons' Lives* deasaichte le IMC Macintyre agus IF MacLaren (Royal College of Surgeons of Edinburgh, 2005). Chaidh an tuairisgeul air an opairèisean ann an Caibideil a h-Aon a bhrosnachadh leis an alt le William Keith, 'Practical Observations on the Lateral Operation for Lithotomy' (*Edinburgh Medical Journal* 61, 1844, 396–417).

Tha *Tiomnadh Nuadh Ar Tighearna agus Ar Slanuigh-fhir Iosa Criosd* (1767) ri leughadh air an làraich-lìn archive.org. Aig deireadh Caibideil a h-Aon-Deug, chleachd mi Salm LI 17 mar a tha e sgrìobhte anns an Tiomnadh Nuadh (Comann Bhìoball na h-Alba, 2002). 'S dòcha gum biodh Dùghall Bochanan air a bhith eòlach air *Sailm Dhaibhidh A Mheadar Dhàna Gaoidheilg, Do rèir na Heabra* (1694). Tha seo ri leughadh air an làraich-lìn https://digital.nls.uk/rare-items-in-gaelic/archive/97160334#?c=0&m=0&s=0&cv=99&xywh=1524%2C1157%2C4275%2C2916

Nochdaidh an rann ann an Salm LI mar a leanas:

An ſpiorad brifte tuirſeach trom,
sud ìodhbairt Dhé na ndúl:
ri croidhe brifte brùit', a Dhé,
le gràin ni ngcuir ar gcùl.

A thaobh ainmean-àite, lean mi an stiùireadh a tha ri fhaighinn anns an leabhar *Place-names of Scotland* le Iain Taylor (Birlinn, 2011), air an làraich-lìn www.ainmean-aite.scot agus anns an sgrìobhainn *Gaelic Street Names. A Standardised Approach (2006)* (Gaelic Select Committee). Fhuair mi fiosrachadh mu bhaile Dhùn Èideann anns an ochdamh linn deug às na leabhraichean *The Making of Classical Edinburgh: 1750–1840* le AJ Youngson (Edinburgh University Press, 1966) agus *Edinburgh: Mapping the City* le Christopher Fleet agus Daniel MacCannell (Birlinn, 2018). Leasaich mi am mapa aig toiseach an leabhair a' cleachdadh fiosrachadh mu na rathaidean armailteach anns an leabhar *The Military Roads in Scotland* le William Taylor (House of Lochar, 2002).

Tha mi fada an comain Mairead Nicĺomhair a leugh a' chiad dreach den leabhar: tha a comhairle agus a brosnachadh air a bhith thar luach dhomh.

Bu toil leam mo bhuidheachas a chur an cèill do Joan Nic-Dhòmhnaill, an deasaiche aig Luath Press, don Oll Richard AV Cox, agus do John Storey aig Comhairle nan Leabhraichean airson mo chuideachadh.

Bu toil leam taing a thoirt do na daoine a leanas:

Eileen, mo bhean, airson a taice seasmhaiche agus a foighidinn;

Dòmhnall Iain MacLeòid, Glinn Eilg, airson a chàirdeis agus airson mo chuideachadh ann an iomadh cuspair Gàidhlig;

an t-Urr Gordon Palmer, airson a chomhairle a thaobh eachdraidh na h-Eaglaise ann an Alba;

an Dr Ian R MacDonald, airson fiosrachadh mu dheidhinn na h-Eaglaise Gàidhealaiche;

luchd-obrach Leabharlann Inbhir Pheafraidh, Leabharlann AK Bell ann am Peairt, agus Leabharlann Phoblach Obar Dheathain.

Tha cuimhne phrìseil agam air an Dr Jonathon Yoder (1904–1991). B' e Mennonite a bha ann, à Goshen, Indiana, a chuir seachad a' mhòr-chuid de a bheatha na mhiseanaraidh meidigeach anns na h-Ìnnseachan agus ann an Nepal. Bha e na bheannachd dhòmhsa a bhith na chuideachd airson greis. 'S e a bhuaidh-sa a dhealbh smaointean Mairead aig deireadh na sgeulachd.

TIOMNADH NUADH

A R

TIGHEARNA agus ar SLANUIGH-FHIR

IOSA CRIOSD.

Eidir-theangaicht'
O'n Ghreugais chum Gaidhlig Albannaich.

Maille re feòlannaibh aith-ghearra chum a' chàn'ain fin a leughadh.

Air iarrtas na Cuideachd urramaich, a'ta chum eòlas Criosduidh a fgaoileadh feadh Gaidhealtachd agus eileana na h Alba·

Clòdh-bhuailt' ann DUN-EUDAIN,

Le BALFOUR, AULD, agus SMELLIE.

M.DCC.LXVII.

Clàr-ainme an *Tiomnaidh Nuaidh* a stiùir Dùghall Bochanan tron chlò ann an 1767. Air ath-nochdadh le cead Leabharlann Nàiseanta na h-Alba.

Faclair

(Briathrachas Gàidhlig agus Beurla a nochd anns an leabhar)

A

Abhainn Balbhaig – the River Balvaig in Balquhidder, Stirling Region

Abhainn Teimhil – the River Tummel in Glen Rannoch, Perth and Kinross

An Achd Dì-armachaidh – the Disarming Act. The Disarming Act of 1716 had been ineffective in significantly lowering the level of Jacobite armament. A further and more severe Act was passed in 1746 imposing heavy penalties upon those found to be in breach of it. The Act of Abolition and Proscription of the Highland Dress 1746 made it illegal to wear Highland clothes such as the kilt or tartan trews or to use tartan cloth to make a great coat – this law was repealed in 1782.

aithinne – a firebrand, a piece of peat used as a torch and held in the hand

analachadh – respiration

aotraman – urinary bladder

arrabhaig – a skirmish

Àth Maol Ruibhe – Amulree, Perth and Kinross

Athall – Atholl

B

Baile Chloichridh – Pitlochry, Perth and Kinross

Baile nan Gall – Galston, East Ayrshire

Am Baile Ùr – Newton in Glen Almond, Perth and Kinross

balg, builg – a blister, blisters

bata-òrduigh – a compositor's stick in which metal type was assembled

Bealach nan Corp – the Pass of the Corpses, the top of the ancient coffin road between Balquhidder and Glen Fallon and Loch Lomondside. At one stage the MacGregors may have carried their dead over this pass to the ancient family burial ground on Innis Cailleach, Loch Lomond; at another stage

in time, coffins may have been carried from Glen Fallon to Balquhidder churchyard.
bistoury – a narrow-bladed surgical knife, now largely obsolete
Blàr Athall – Blair Atholl
Blàr Sliabh a' Chlamhain – the Battle of Prestonpans, East Lothian
Bothar a' Chruidh – the Cowgate, Edinburgh
Both Chuidir – Balquhidder, Perth and Kinross
brach, a' brachadh – fester, ferment
Bràghad Albann – Breadalbane, Perth and Kinross
Bràigh Mhàrr – Braemar, Aberdeenshire
breus – a mantlepiece
broth bàn-dhearg – a pink skin rash
breac, brice, a' bhreac – smallpox

C
Caigeann a' Chaisteil – Castle Wynd, Edinburgh
Caigeann Naomh Moire – St Mary's Wynd, Edinburgh
Calasraid – Callander, Perth and Kinross
Camas – Campsie, East Dunbartonshire
Camas Long – Cambuslang, South Lanarkshire
the Cameronians – a group named after Richard Cameron (1648-1680), a radical and uncompromising member of the Covenanting movement opposed to state control of the Church. He was a key figure behind the Sanquhar Declaration of 1680 which renounced allegiance to the king, King Charles II.
Càraidh an Ear – Easter Carie, by Loch Rannoch, Perth and Kinross
Ceann Loch Raineach – Kinloch Rannoch, Perth and Kinross
cèis – a case, a wooden box or desk with partitions to hold the lead type of the different vowels and consonants
Cille Chuimein ann an Glinn Eilg – the church in Glenelg, Rosshire, Highland Region, that appeared in the Argyll Inventory of 1671 as 'Kilchuman'
Cille Chuimein – Fort Augustus, Inverness-shire, Highland Region
Cill Fhinn – Killin, Perth and Kinross
Cipean – Kippen, West Stirlingshire

cleit – a quill
clò – type, press
clò-bheairt – a printing press
Clobhsa Carubber – Carubber's Close, Edinburgh
Clobhsa Hyndford – Hyndford's Close, Edinburgh
Clobhsa Morocco – Morocco Close, Edinburgh
clò-luaidhe – lead type
clò-shuidhiche – a compositor
Comaraidh – Comrie, Perth and Kinross
Craoibh – Crieff, Perth and Kinross
Creag a' Chaisteil – Castle Rock, Edinburgh
crùb – a bed built into a wall recess, such as was common in a thatched house
Cùil Lodair – Culloden, Inverness-shire, Highland region

D
Dail na Ceàrdaich – Dalnacardoch, Perth and Kinross
deala, dealachan – a leech, leeches
dearbhaidhean a' chlò – proof pages
deochannan-leighis – medical potions
Drochaid Choinneachain – Kynachan's Bridge, now known as Tummel Bridge. The bridge itself was built in 1730 under the supervision of Stewart of Kynachan.
Drochaid Ghamhair – Gaur Bridge at the west end of Loch Raineach
dropsy – a medical condition characterised by fluid retention and swelling which would now be called oedema. It was often an indicator of heart or kidney failure.
Druim a' Chaisteil – Drumcastle, Rannoch, Perth and Kinross
dubhadh nan litrichean – inking the letters
dùmhlachd-fala – congestion of the blood
Dùn Breatann – Dumbarton, West Dunbartonshire
Dùn Chailleann – Dunkeld, Perth and Kinross
Dùn Phris – Dumfries, Dumfries and Galloway

E
eagran – edition (of a book)
Earrann a' Phriair – Arnprior, Stirling

an t-Eilean Riabhach – Eilanriach in Glenelg, Ross-shire, Highland Region
eòlas-bodhaig – anatomy
the Evangelical party – the body within the Church of Scotland that held fast to principles such as the authority and sufficiency of the Bible, the need to pass on the message of the Gospel and the need for personal conversion to Christian faith. It stood in contrast to the Moderate party

F
Fartairchill – Fortingall, Perth and Kinross
Fionnaird – Finnart on the south west bank of Loch Rannoch, Perth and Kinross
frèam, frèamaichean – a frame, frames. Printers used wooden frames in which to compose and hold tightly together the type for the printing of a page.
fual – urine

G
galar fuail – urinary stone disease
Garbh-Chrìochan Siorrachd Pheairt – Highland Perthshire
gearran – a garron; a short, sturdy Highland pony
giollachd, a' giollachd – manage, managing
Gleann Amain – Glen Almond, Perth and Kinross
Gleann Bucaidh – Glen Buckie, Balquhidder, Stirling Region
Gleann Dochard – Glen Dochart, Perth and Kinross
Glinn Eilg – Glenelg, Ross-shire, Highland Region
gorget – a gutter-like instrument with a handle. It was used to guide the passage of another instrument, such as grasping forceps, inside a body cavity

I
Inbhir Chèitinn – Inverkeithing, Fife
inoculation – the minor operation of inserting material from the blistered skin of a smallpox sufferer into the skin of an unaffected individual. The aim of the procedure was to induce a mild attack of smallpox that might protect the individual from the fullblown

disease. In the 18th century, the theories behind immunisation had not been developed and the mechanism for the effectiveness of inoculation was not known. Similar methods had been used around the world for centuries in folk medicine.
ìoc-chòmhdach – a surgical dressing for a wound
ìocshlaint dhùthchasach – folk remedies
ionad-leaghaidh – a foundry, such as one casting lead type

K
kingshouse – a staging-post on the 18th-century military road

L
Labhair – Lawers, near Crieff, Perth and Kinross
làgan – sowans, a light oatmeal drink
Lag an Rait – Logierait, Perth and Kinross
Lànaidh – Leny, near Callander, Perth and Kinross
lannsa – a scalpel
leagh-dhealbhadh – casting, e.g. of lead type
leas-thaigh – the wing of a house
leid – a makeshift bed
Linne Foirthe – Firth of Forth
Linne Mhoireibh – Moray Firth
lionn-chuirp – sputum
lithotomy – the operation of 'cutting for stone'
Lobhdainn – Loudon
Loch a' Bheò-thuil – Loch Voil, Balquhidder, Stirling Region. The origin of the name – Loch of the quick running flood – and a slightly different spelling, Loch a' Bheò-thuill, are given in *Gaelic Topography of Balquhidder Parish* by the Rev AM MacGregor and the Rev D Cameron (1886). On visits to Balquhidder, it has struck me how very appropriate this name must have been to the behaviour of the loch after heavy rain over the centuries.
lot – a surgical wound
luchd-cartaidh – tanners, workers in the production of leather from animal hide

M
Margadh an Fhearainn – Land Market, later the Lawnmarket, Edinburgh
meug-fala – serum
the Moderate party – a powerful faction within the Church of Scotland of the 18th and 19th centuries and the rival of the Evangelical party. The Moderate party was generally less rigorous in the application of Calvinistic principles than the Evangelical party and more sympathetic to intellectual and cultural trends. They were willing to accept patronage – one of their principles was the necessity of subordinates to accept the ruling of a higher authority.
A' Mhoigh – Moy, Inverness-shire, Highland Region
Muileann Ardaich – Ardoch Mill, Strathyre, Stirling Region
mùin, a' mùn – pass urine

N
neasgaid – a boil, an abscess

O
Obar Pheallaidh – Aberfeldy, Perth and Kinross
Na h-Oighreachdan Dì-chòirichte – the Forfeited Estates. The Scottish Commission on Forfeited Estates first met in 1716 with the remit of confiscating and evaluating the estates of Scottish nobles who had supported the recent Jacobite uprising. The stated intention of the Commission was to raise money from these estates for the benefit of public funds.

P
patronage – a contentious issue for hundreds of years. It had its origins in a system which allowed landowners to present a new minister to the congregation of a church, as opposed to the congregation electing a minister of their own choosing. Patronage led to a number of secessions from the Church of Scotland in the 18th and 19th centuries.
pìob airgid – a silver tube, an early urethral catheter for draining the bladder

piorbhaig – a periwig, a wig
pleurisy – inflammation or infection of the lining of the lung and chest cavity
purgaid – a purging laxative

R
the Relief Church – a Secession church founded in 1761 to provide liberty to congregations to elect their own minister, as opposed to the patronage system that was prevalent at the time. It was a reaction against the Moderates in the Church yet it also rejected firm adherence to the National Covenant of 1638. The Relief Church had a non-sectarian viewpoint and took a strong and early stand on the support of foreign missions and on the abolition of slavery.

S
Seaseudair – a Seceder. An individual who had left the Church of Scotland to form or to join a new or 'splinter' church, generally in connection with the dispute over patronage and the right of the people of a church congregation to appoint a minister of their own choosing.
Siorrachd Àir – Ayrshire
Siorrachd Pheairt – Perthshire
Sìth Chailleann – Schiehallion (1083m), a prominent and almost perfectly conical mountain when viewed from Kinloch Rannoch, Perth and Kinross
An t-Sràid Àrd – the High Street, Edinburgh
Sràid nam Prionnsachan – Princes Street, Edinburgh, named after princes George and Frederic, sons of King George III
Sràid Cnoc a' Chaisteil – Castle Hill Street, Edinburgh
Srath Eadhair – Strathyre, Stirling region
Srath Tatha – Strath Tay, Perth and Kinross
An Sruthan – Strowan, an area in Rannoch, Perth and Kinross
salann-na-groide – alkali
sound – a metal instrument used to pass through or along one of the tubes of the body, in this case a curved urethral sound

T

Taigh an Ròid – Holyrood, Edinburgh
Taigh-feachd Ghlinn Eilg – the stronghold built to house Hanoverian soldiers in Glenelg known as Berneray Barracks, Ross-shire, Highland Region
Taigh Mòr Labhair – Lawers House, near Crieff, Perth and Kinross
teanchairean – forceps; in this case long metal forceps, hinged in the middle in the same way as a pair of scissors, used for grasping a stone in the bladder
teatha fras-lìn – linseed tea
Na tìrean-imrich Ameireaganach – the American colonies
Tulach-caidil – Tullikettle, site of an early church and graveyard near Comrie, Perth and Kinross

V

vaccination – the technique of immunisation against smallpox described by Edward Jenner in 1798 using the cowpox virus. Vaccination did not immediately supercede inoculation, which continued to have its exponents for many years. In 1979, the World Health Organisation declared that smallpox had been eradicated.

Luath foillsichearan earranta
le rùn leabhraichean as d'fhiach a leughadh fhoillseachadh

Thog na foillsichearan Luath an t-ainm aca o Raibeart Burns, aig an robh cuilean beag dom b' ainm Luath. Aig banais, thachair gun do thuit Jean Armour tarsainn a' chuilein bhig, agus thug sin adhbhar do Raibeart bruidhinn ris a' bhoireannach a phòs e an ceann ùine. Nach iomadh doras a tha steach do ghaol! Bha Burns fhèin mothachail gum b' e Luath cuideachd an t-ainm a bh' air a' chù ─── Cù Chulainn anns na dàin aig Oisean. Chaidh na foillsichearan Luath a stèidheachadh an toiseach ann an 1981 ann an sgìre Bhurns, agus tha iad a nis stèidhichte air a' Mhìle Rìoghail an Dùn Èideann, beagan shlatan shuas on togalach far an do dh'fhuirich Burns a' chiad turas a thàinig e dhan bhaile mhòr.
Tha Luath a' foillseachadh leabhraichean a tha ùidheil, tarraingeach agus tlachdmhor. Tha na leabhraichean againn anns a' mhòr-chuid dhe na bùi am Breatainn, na Stàitean Aonaichte, Canada, Astrà Sealan Nuadh, agus tron Roinn Eòrpa – 's mura bhe iad aca air na sgeilpichean thèid aca an òrdachadh d Airson leabhraichean fhaighinn dìreach bhuainn fhìi cuiribh seic, òrdugh-puist, òrdugh-airgid-eadar-nàiseanta neo fiosrachadh cairt-creideis (àireamh, seòladh, ceann-latha) thugainn aig an t-seòladh gu h-ìseal. Feuch gun cuir sibh a' chosgais son postachd is cèiseachd mar a leanas: An Rìoghachd Aonaichte – £1.00 gach seòladh; postachd àbhaisteach a-null thairis – £2.50 gach seòladh; postachd adhair a-null thairis – £3.50 son a' chiad leabhar gu gach seòladh agus £1.00 airson gach leabhar a bharrachd chun an aon t-seòlaidh. Mas e gibht a tha sibh a' toirt seachad bidh sinn glè thoilichte ur cairt neo ur teachdaireachd a chur cuide ris an leabhar an-asgaidh.

Luath foillsichearan earranta
543/2 Barraid a' Chaisteil
Am Mìle Rìoghail
Dùn Èideann EH1 2ND
Alba
Fòn: +44 (0)131 225 4326 (24 uair)
Post-dealain: sales@luath. co.uk
Làrach-lìn: www. luath.co.uk